文春文庫

祓い師笹目とウツログサ

ほしおさなえ

文藝春秋

祓い師笹目とウツログサ　目次

初出

序章　　書き下ろし
アナホコリ　　「星々」vol.1「風の吹く穴」を加筆・改題
オモイグサ　　「星々」vol.2「さびしい草」を加筆・改題
ツヅリグサ　　「星々」vol.3「綴り草」を加筆・改題
ウリフネ　　「星々」vol.4「瓢箪を背負っている」を加筆・改題
ヒカリワタ　　「星々」vol.5「ふわふわ」を加筆・改題

「ウリフネ」引用文献
『折口信夫全集　第三巻　古代研究（民俗學篇2）』中公文庫

文春文庫オリジナル

祓い師笹目とウツログサ

序章

わたしがこの団地にやってきたのは、六歳のときのことだった。横浜から電車で数駅の「ひかり台」というニュータウンで、老人とも言える年齢不詳の男といっしょだった。血縁ではなく、わたしに祓(はら)い師の素質があるから引き取ったのだと言っていた。それ以前の記憶はない。親や親戚のことも覚えていない。両親は火事で死んだらしい。わたしだけが奇跡的に助かったが、火事のショックで記憶を失ったのだろうという話だった。ほとんどのものが焼けて、残っていたアルバムにあった一枚の写真だけ、あとで男から渡された。

モノクロの写真で、そこにはひと組の男女と子どもが写っていた。男はスーツの上着を脱いで片手にかけ、ネクタイをゆるめて笑っている。女はウエストの細いワンピースを着て、髪はアップにしている。どこかの駅前だろうか。商店街を背景にした、ごくふつうのサラリーマンとその家族だった。

男が父、女が母なのだろうが、男にも女にも風景にも見覚えがなかった。子どもだけは顔が同じだから自分だとわかる。それでもそのモノクロの写真だけが過去と自分をつなぐものだったから、捨てるに捨てられず、いまも大事にとってある。

わたしを育てた男は、わたしを「笹目(ささめ)」と呼んだ。それがもとの名前なのかは知らない。彼がつけた名前だったのかもしれない。男は祓い師で、どこからかやってくる依頼を受けて、ウツログサというものを祓っていた。

男に家族はなく、勤めもなく、祓い師の仕事で身を立てていた。祓い師はたいてい長命で、話によれば男ももう百年以上生きているらしい。最初は家族もいたがみな死んでいき、ひとりになった。長命だが死なないわけではなく、年を取るのが人よりゆっくりなだけ、いや、もしかしたらもう半分死んでいるのかもしれないが、と笑っていた。

男はゆっくりだが老いていっていた。そんなとき、わたしと出会った。祓い師の仕事で知り合った医師が、男を火事で両親を失ったわたしと引き合わせたのだ。わたしに祓い師の能力があることを見取り、人生の最後に弟子を育てようと決め、男はわたしを引き取った。

祓い師の能力とはなにか。それはつまり、ウツログサが見える、ということだ。ふつうの人たちには見えない、虚(うつ)ろの生き物である。建物や場所につくものもあれば、空中を浮遊するものもある。人や生き物についているものもある。

自分で動くものは少なく、植物や菌類に似ているので、わかりやすく植物の妖怪のようなもの、と説明する祓い師もいる。

多くは無害で、ただそこにあるだけ。そういうものには祓い師もなにもしない。数も多いし、祓い続けていたらキリがないからだ。だが、人についたウツログサは宿主の欲望を読む。宿主の欲望とともに成長し、たがいに影響しあって、周囲に害をおよぼすこともある。祓い師のところに依頼がくるのは、たいていそうなってしまった場合で、宿主はウツログサに取りこまれ、助かることは滅多にない。

男は、ウツログサを見ることができた。そしてわたしも見ることができた。最初からすべてのウツログサが見えたわけではない。男に引き取られたばかりのころは、見えるものはかぎられていた。男に教えられても、なかなか見えるようにならなかった。

あるとき男の仕事に勝手についていって、巨大なウツログサに取りこまれそうになったことがあった。わたしにはそのウツログサが見えていなかった。だが、それに触れたとたん大きな闇に包まれたようになり、闇が晴れると、その姿が見えた。大きなウツログサと、そのまわりにぶらさがったり、張りついたり、飛びまわっているものたち。わたしは立ち尽くした。男が助けてくれなかったら、取りこまれていたのだろうと思う。

それからわたしにも多くのウツログサが見えるようになった。はじめはいちいち驚いていたが、見えるようになってみればそれはどこにでもあって、すぐに慣れてしまった。

わたしは男を手伝うようになった。

祓うといっても、呪文を唱えるわけでも、戦うわけでもない。ウツログサを祓うには薬を使う。植物や動物、鉱物などを調合したもので、ウツログサの種類によって使い分ける。祓い師のおもな仕事はこの薬の調合だ。

依頼があれば薬を持って現場に行き、ウツログサが人についている場合は宿主に薬を飲ませる。建物や場所についているウツログサの場合は、特別な針を使って薬を注入する。ウツログサが宿主を取りこんで大きくなってしまった場合も同様だ。だが大きくなってしまったウツログサに近づくのは危険なことで、下手をすれば取りこまれてしまう。

男はわたしを学校に通わせたが、それは勉学のためというより、子どもが学校に行かずにいると怪しまれるからだった。学校自体に意味を感じていたとは思えない。その証拠に、大きな仕事があれば迷わず学校を休ませ、わたしを連れて依頼があった場所に行った。地方から助っ人を頼まれることもあり、泊まりがけになることもあった。

わたしもそれを受け入れていた。学校には馴染めない。生徒たちはみなウツログサが見えない。わたしが見ている世界とはまるでちがうものを見ている。だから心を許すことはできなかったし、自分は祓い師として生きていくしかないのだと知っていた。

最初のうち、わたしの仕事は薬作りだった。それから男に連れられて現場に出るようになり、大きくなったウツログサへの対処を学ぶようになった。気配の察し方、近づき方、薬の打ち方。身体の成長とともにわたしも次第にそうしたことに慣れ、ひとりでも仕事ができるようになった。

わたしが仕事を覚えると、男はうれしそうだった。酒を飲みながら長々とウツログサのことを話した。遠くの街で出会った変わったウツログサの話や、祓い師の知人の話もあった。それをぼんやり聞きながら、男はこれまでウツログサを祓うだけの人生だったのだろうな、と思った。

いや、最初はちがったのかもしれない。家族がいたころは。だがそのうち自分の知っている人たちはみな死んでしまったのだろう。ウツログサだけが変わらず彼のまわりにあったのだろう。

男がいつ生まれたのかはわからない。戸籍などもどうしていたのだろう、と思う。世の中にはなにかあったときのために祓い師を囲っている金持ちや土地の有力者が多数いて、祓い師の住まいはそういう人たちが手配しているらしい。わたしたちには団地の一室が買い与えられ、管理費などの支払いもなく、そこに住んでいた。

まわりの住人に怪しまれないように、男は自営で商売をしていることにしていた。月に一、二度は車で遠出をしていたから、店舗はなく、車で営業にまわっていると言えば、疑われることはなかった。わたしも大人になるまでは人並みに成長したが、その後はあまり年を取らなくなった。男と同じだ。

同級生たちとはずっとむかしに縁が切れ、ほかに親しい知人もなく、男以外、深い話をする相手はいなかった。男もまたそうだったのだろう。人生の最後に弟子を育てたいというのも、ひとりで生きるのがさびしかったのかもしれない、と感じた。

男は少しずつ老いていき、身体が動かなくなっていった。薬についてはあいかわらず男の方がくわしく、教わることばかりだったが、現場にはわたしひとりで出向くことが多くなった。

そうして、ある冬の朝、男は砂のように消えてしまった。祓い師というのはそういうものだと聞いていた。わたしはひとり暮らしになった。外見は若いころとほとんど変わらない。住人と顔を合わせると、いつまでも若いですね、と言われる。

いまは笑ってごまかしているが、そのうちごまかしきれなくなるだろう。そうしたら、住み慣れたこの団地を離れるしかないのかもしれない。もっと人がまばらな土地に行って、人と顔を合わせないようにするしかないのかもしれない。

とにかく、わたしはいまも祓い師を続けている。男に習ったように薬を作り、依頼がくれば遠出もする。団地で暴走しそうなウツログサを見つけたら、薬を打って祓うこともある。時おり、わたしを育てた男はどれくらい生きていたのだろう、と思う。わたしはあとどのくらい生きるのだろう、とも。そして、ウツログサとはなんなのだろう、と考える。答えは出ない。

わたしにできるのは、ウツログサを祓うことだけ。ひとりきりで生きて、ウツログサを祓う。そのときが来れば、男と同じく砂のように消えるのだろう。

アナホコリ

物心ついたときには、その穴はもうわたしのとなりにあった。幼いころだから定かではないが、あらわれたときの記憶がないのだから、最初からそこにあった、というほかない。

影と同じように、わたしのとなりにはいつもその穴があった。立っているときも座っているときも寝ているときも。マンホールぐらいの穴が地面や床にぽっかりあいていて、どこにでもついてくる。

なかからはひゅうひゅうという風の音や、海の波のような音がした。人の声のようなものが聞こえるときもあった。この穴はどこか遠い場所に通じているのかもしれないと思った。上に立てば落ちる、手を入れれば引きこまれるような気がして、穴には触れないようにしていた。

わたし以外の人には見えない。そう気づいたのは少し大きくなってからのことだった。人が近づいてくるとき、穴を踏むことがある。落ちてしまう、と身体がすくむが、みななんでもないように穴の上に立っていた。

　まわりの大人に話しても、作り話だ、とか、なんでそんなことを言うの、と言われた。母には病気かもしれない、と心配された。だからしだいにだれにも話さなくなった。ただひとり、母方の祖母にだけは話すことができた。祖母は、そういうものもあるかもしれない、と受け入れ、おばあちゃんには見えないけど、いまはどこにあるの、と訊いた。わたしが穴のある場所を示すと、このあたりかな、と言って地面をなで、大丈夫、怖いもんじゃないよ、と笑った。

　わたしが小学校二年生のとき、祖母は死んだ。もう穴をなでてくれる人はいない、と思うと、心細くなった。

　部屋にひとりでいるとき、思い切って穴に顔を近づけてみた。遠くから、大丈夫、という声が聞こえた。大丈夫、怖いもんじゃないよ。それは祖母の声だった。穴は死の世界につながっているんだ、と思った。

　年齢があがるごとに、わたしは穴をおそろしいと感じるようになった。穴に落ちたり引きこまれたりするのが怖いというより、自分にだけ穴が見えることが怖かった。

　自分にとってあたりまえのものが、ほかの人にとっては存在しない。それはつまり、自分の見ている世界がほかの人の見ている世界とちがう、ということだ。

わたしの目に映るだけで、穴はほんとうはそこにはないのかもしれない。だとしたら、わたしだけがおかしいということになる。こんなにありありと穴が見えるのに。

気持ちが追いこまれ、穴がほんとうにあるのかいますぐ確かめたい、と思ったこともあった。だが結局、手を穴に入れることはできなかった。死のうとしても死にきれないということがあると聞くが、それと似たようなものかもしれなかった。

それからも人に穴の話をしたことはほとんどなかった。

次に話したのは、中学三年生のとき。相手は林さんという同級生の女子だった。

そのころのわたしは、休み時間になるとよく屋上に行っていた。屋上に横たわり、となりにある穴の気配を感じながら、空をぼんやりながめていた。

林さんもよく屋上に来た。わたしと同じようにひとりになるために来ているのだろう、わたしが屋上にいるのを見ると、引き返すことが多かった。わたしもまた先に林さんがいるときは、そっと扉を閉じ、階段を降りた。

だがあるとき、屋上で横たわっているわたしのところに林さんがやってきた。そうしてわたしに、いつも屋上にいるよね、と訊いてきた。

「林さんもよく来るよね」

わたしは言い返した。どうして、とは訊かなかった。訊いてもほんとうの答えが返ってこないことはわかっていた。

それに、ほんとうの答えなどわかるはずがない。わたしだって、自分がなぜここに来ているのかわからなかった。ただ、穴の見えない人たちといっしょにいるのが息苦しかったのだ。

林さんはわたしの横に来た。穴のとなりに立ち、そのまま腰をおろした。

しばらくして、自分には居場所がないのだ、と言った。家にも学校にも居場所がない。父親は家に帰ってこないし、母親は仕事で忙しく、大学生の姉は家ではだれとも口をきかない。友だちと通話しているのか、部屋のなかからは笑い声が聞こえてくるけれど、母ともわたしとも話さないのだ、と。

「わたしも姉さんみたいに学校で楽しくできたらいいんだろうけど、話したいと思う相手もいなくて」

林さんはぼんやりそう言った。そういえば、同じクラスにいるけれど、林さんがだれかと話しているところなんて見たことがなかった。

わたしも仲のいい友だちがいるわけではないが、表面的に友だちっぽい素振りをすることくらいはできた。林さんがきらわれている、ということはたぶんない。みんな自分たちのことで忙しいのだ。きらわれるほど意識されていないというか、存在感がまったくないのだった。

「ときどき屋上から飛び降りたくなるんだよね。いてもしょうがないっていうか」

林さんは笑った。その言葉を聞いて、面倒なことになってしまった、と思った。人の打ち明け話なんて聞きたくない。聞いたところでわたしにはなにもできない。

だが、立ちあがって話を拒絶してここを立ち去る、という気力もなかった。こんなふうに面と向かって人と話すのは久しぶりだったから、人の声を聞くこと自体が心地よく、拒めなくなっていた。

林さんの悩みは現実的で、わたしの穴の話にくらべるとありふれた話のように思えた。だが同時に、わたしになにがわかるだろう、とも思った。

うちは円満な家庭で、両親も少なくとも表面的には仲が良い。わたしにも高校生の姉がいて、いっしょにテレビも見るし、会話もする。深い話などしたこともなく、おたがいがなにを考えているのか知りもしないが、家は家の形を保っている。壊れかかった家に暮らすのがどういうことか、わたしはなにも知らなかった。

わたしはずっと穴のことを人に言わなかった。だから親も姉も友だちも、わたしが穴のことで悩んでいると知らない。だれも、となりにいる人がなにを抱えているのか知らない。人と人とはそういうものだと思っていた。林さんの打ち明け話がありふれたものであっても、その苦しみがどういうものか、ほかの人には決してわからない。

林さんの話を聞いたあと、わたしはなぜか穴の話をした。子どものころからそういうものが見えるということ、これまでだれにもしゃべったことがない、ということ。

林さんの苦しみをどうにもできないから、別の苦しみを話すことであいこにしようと思ったのかもしれない。そうやって苦しみを交換しあう方が、わかりもしないのに同情したりアドバイスしたりするよりは誠実な気がしたのかもしれない。

話している途中で、もしかしたら、林さんが怒るかもしれない、と思った。自分は真剣に打ち明け話をしたのに、作り話を聞かされた。そう思ってもおかしくない。怒らないまでも、引くだろう。さわらぬ神に祟り(たた)なし、と、気の毒そうな顔をして立ち去っていくかもしれない。それならそれでよい、と思った。

案の定、林さんはぽかんとした顔になった。だが、怒りもせず、立ち去りもしなかった。そういう話ははじめて聞いた、とだけ言った。

「その穴って、深いの？」

信じたのか信じていないのかも言わないまま、林さんはそう訊いてきた。わからない、とわたしは答えた。はいったことがないからわからない。わたしがそう答えると、林さんは笑った。

「どこにあるの」

林さんが訊いてくる。

「そこだよ、すぐそこ。いま林さんが座っているとなり」

わたしが穴に視線を向けると、林さんは驚いたようにぱっと立ちあがった。

「このへん？」

そう訊きながら、林さんは穴の上に足を出した。

「そう、ちょうどその下」

わたしが言うと、林さんは両足をそろえて穴の上に飛びのった。

落ちる。

そう思ってひやっとしたが、なにも起こらなかった。林さんは穴の上に立っていた。

「なにもおきないね」

林さんは笑った。

「そうだね。穴の真ん中にのってるんだけどね」

わたしが答えると、林さんは少しがっかりしたような顔になった。

「別の世界に行けるかもってちょっと期待したんだけどな」

そう言って、苦笑いした。

現実の世界で林さんと話したのはそのときだけだ。林さんは二日後に線路に落ちて死んでしまった。遺書のようなものはなかったから、自殺なのか事故なのか、だれかに押されたのか、なにもわからなかった。

わたしたちが屋上で話しているのを見た人がいたらしく、わたしも一度警察に事情を訊かれた。林さんから聞いた家のことも少し話したが、それで終わりだった。林さんがなんで死んだのか、その後なにも知らされなかった。

林さんが死んだ直後は学校じゅう大騒ぎになった。林さんに関するさまざまな噂が飛び交い、みんないろいろな憶測を語り合った。だが一ヶ月もするとだんだんその話題は消えていき、みんな林さんがいたことを忘れてしまったみたいだった。

ある日いつものように屋上にいたとき、林さんのことを思い出した。穴の上に立っていたなあ、と思いながら、穴の縁に手をつき、なかを見た。

こんなか、なにがあるんだろう。

――別の世界に行けるかもってちょっと期待したんだけどな。

声が聞こえた。林さんの声だった。

ぎょっとして、すぐに穴から顔を離した。穴からはっきりと人の声が聞こえたのは、祖母が亡くなってすぐのとき以来だった。その後もときどき祖母の声が聞こえることがあった。だが、時が経つにつれて声はしだいに遠のき、ぼんやりしたものになっていった。

林さんの声もそうだった。しばらくははっきりしていたが、やがてぼんやりとして、聞き取れなくなった。やはり穴の向こうにあるのは死の世界なのかもしれない、と思った。

大学を出て教材系の出版社に就職し、五年働いて仕事で出会った人と結婚した。結婚するときに仕事は辞めた。まわりの人たちもある程度の年になれば結婚し、仕事を辞める。それがあたりまえだと思っていた。

夫は高校の教員だった。教材の営業のために学校をまわったときに出会い、つきあうようになった。教師だけあって人あたりがよく、話がうまい。うちにこもりがちなわたしの性格を控えめでやさしいからだと思いこんでいるようだった。常識的で、仕事もきちんとしていた。こういう人と結婚すれば、わたしも世の中で立派に生きていけるような気がした。

もちろん穴の話などしなかった。あいかわらず穴は見えるが、ないものとしてふるまった。穴はないものとして生きていけばよいと思った。

わたしは最寄り駅の駅ビルの書店でパートで働くようになった。配偶者控除の枠を出ないよう、週に四日、一日五時間。仕事が終わると同じ駅ビルの地下で食材や日用雑貨を買い、家に帰る。家事をこなし、夫の帰りを待つ。食事中、夫は学校での出来事を話し、わたしはうなずきながらそれを聞く。

休日には、夫に誘われて映画を見に行ったり、ショッピングモールに出かけるようになり、それはそれで楽しかった。夫の同僚といっしょにカラオケや食事に行くこともあった。ほがらかに笑い、歌い、身体を動かし、こうやって生きていけばいつか穴が見えなくなるかもしれない、とも思った。

だが二年、三年と経つと、わたしはその生活に疲れてしまった。わたしに近づいてくるとき、夫が決まって穴を踏みつけるのも気になった。最初のうちは落ちるかもしれない、と身体がすくんだが、やがて慣れてしまった。

落ちることはない、だって穴はないのだから。自分にそう言い聞かせるたびに、身体のなかが少しずつよどんでいくような気がした。わたしはふさぎこみ、だんだん家で話さなくなり、ひとりで本ばかり読んでいるようになった。

夫は心配して、どうしたのか、と訊いた。どうしたのか、わたしにもわからなかった。ただ放っておいてほしいと思ったが、それは理解されないようだった。

夫の帰りはしだいに遅くなり、家でひとりの夜は、穴に耳を澄ました。亡くなってすぐのときには明瞭だった祖母の声も林さんの声ももうはっきりとは聞こえず、海の波のような、砂がざらざら流れるような、意味のない音しか聞こえてこなかった。

ある日、夜遅く夫が帰ってきて、こたつで寝ているわたしに、起きろ、と言った。

「起きろ、こたつで寝たら風邪をひくだろう」

夫はわたしの肩に手をのばし、わたしのとなりにあった穴を踏んだ。

「やめて」

わたしは起きあがり、思わず叫んだ。

「どうした?」

夫は驚いた顔でわたしを見た。

——嘘つき。

そのとき、穴から声がした。

ぎょっとして穴を見る。穴から足を退けようと夫を押した。

「なにするんだ」

夫の顔を見たとき、嘘をついているとわかった。毎晩帰りが遅く、仕事だと言っているが、そうじゃない、とわかった。

「どいて、踏まないで」

自分の声が思いがけないほど大きいことに気づいて、わたしはふるえた。

「踏むってなにをだ」

夫は言った。

「なにもないじゃないか」

「あるよ。見えないけど、ある。わたしの大事なものが」

興奮した口調になっているのが、自分でもわかった。

「なに言ってるんだ。大事なもの？　まぼろしでも見てるのか。いい加減にしろ」

夫はわたしを突き飛ばし、また穴を踏んだ。

「やめてよ」

わたしも夫を押した。あなたには見えない。だからなにもないのと同じなのだろう。でもわたしにとってはそこにあるのだ。あるものをないと思うのは、もういやだった。

それから数時間、ひどい言い争いになった。そのさなかにも、わたしは結局、穴のことを話さなかった。

夫は、わたしが情緒不安定だと言い、結婚したころはこうじゃなかった、とも言った。自分はいい家庭を築きたかったし、そのために努力もしてきた。君のことが大事だった。なのに、なぜこんなことになったんだ、と泣いた。

わたしは穴が見えることを黙っていた。それは黙っていればまともな人間になれると勘違いしたからだった。夫を愛していたわけではなく、自分がまともな人間になるために夫を利用しただけだったのだ。そうわかっていたから、反論できなかった。

わたしたちの仲は急速に冷えていき、しかしそれは急速に冷えたのではなく、ほんとうはずっと前から少しずつ冷えていっていて、そのことに突然気づいただけかもしれなかった。

半年後、わたしは家を出た。両親はわたしが離婚したことに困惑していて、遠回しに家に戻ってくることを拒んだ。父によれば、母が落ちこんでしまって、いっしょに暮らすことに耐えられそうにない、ということだった。

母は世間からずれることをこわがる人で、だれからもうしろ指をさされないことをいちばん大事にしていた。もうそれが身体に染みついていて、そこからはずれることは高速で走っている電車から落ちることと同じだったのだろう。娘の離婚は母にとってはそうした類のものだった。

だからと言って、わたしを責めるようなこともしなかった。娘であるわたしに対する同情もあったのだろうし、身近な人間を責めるという行為もまた、母にとって耐え難いものだったのだと思う。結果、距離を取るということになった。

わたしはひとりで暮らすことになり、いまの団地に越した。横浜から電車で数駅の「ひかり台」というニュータウンにある賃貸の団地だ。都内のアパートやマンションにくらべて格段に家賃が安かった。

わたしが借りたのは、駅から離れた西団地というエリアの一室だった。そのとき出ていた物件のなかにひとり暮らし向きの小さな部屋がいくつかあったが、西団地は駅から遠いという理由でひかり台のなかでも家賃が割安のようだった。

だが、ここを選んだのは家賃だけが理由ではない。業者に案内されてこの場所を訪れたとき、胸を締めつけられるようななつかしさに襲われたのだ。西団地は、わたしが子どものころに住んでいた古い団地とよく似ていた。都内北部、二十三区内だが山手線の外側で、ひかり台と同じように丘陵地にあった。

たぶん作られたのが似たような時期なのだろう。建物の形もデザインも良く似ている。

真四角で低層の建物。建物のところどころに入口があり、屋外に郵便受け。その奥に階段。階段の両脇に部屋の入口が配置されている。玄関の扉は金属製。先に見せてもらった駅に近い中央団地やその奥につながる北団地は外観が改装されて小綺麗になっていたが、西団地はむかしの形のままだった。

わたしが団地に住んでいたのは小学校にあがる前までで、その後は埼玉にある一戸建てに越した。両親が倹約して貯めたお金で買った念願のマイホームだ。小さいが庭もあり、子ども部屋もあった。

小学校低学年で引っ越した姉は団地のことを少し覚えているようだったが、まだ幼稚園児だったわたしは、ほとんど団地での暮らしを覚えていなかった。だが、西団地を見たとき、なぜか涙が出そうになるほどのなつかしさを感じ、業者の人といることを忘れ、しばし立ち尽くしてしまった。

わたしはあの団地が好きだったのかもしれない、と気づいた。当時、団地の別の棟には祖母が住んでいて、わたしはよく祖母の家に預けられていた。団地の部屋の浴室は狭く、みんなでよく祖母の棟の近くにある銭湯に行った。公園の遊具や、団地に付属している小さな商店街の記憶が次々に頭によみがえった。

団地には祖母の思い出もあった。祖母はそのまま団地に住んでいたから、引っ越してからもときどき祖母の部屋に遊びにいっていた。だがその祖母も、わたしが小学校二年のときに亡くなった。祖母の部屋はなくなり、団地にも行かなくなった。その後、あの団地は老朽化で取り壊され、いまはあたらしい棟に建て替わったと聞いた。

西団地の一室を借りると決め、両親に最初二ヶ月分の家賃を肩代わりしてもらった。結婚してからパートしかしていなかったわたしには部屋を借りるだけの貯金がなかったのだ。キッチンと六畳の和室、いわゆる1Kの間取りで、これまで住んだどの場所より狭かった。引っ越しを手伝いにきた母は、ほんとにこんな狭いところで暮らすの、と声を詰まらせた。

かつて家族で住んでいた団地だって3Kだったはずだから、四人家族にとって広くはない。だがまだ子どもが幼かったし、マイホームを手に入れる夢があった。だから狭くても辛くなかったんだろう。家を手に入れたあとは、団地のころの思い出は記憶の奥底に封印してしまったのだろう。

思えばひとり暮らしをすること自体も生まれてはじめてで、最初は怖さも感じたが、やがて慣れた。買い物に行く場所を覚え、勤め先も決まった。

ひとりで生きていくのだから、社会保障のこともあるし、正社員になった方がいい。父にそう諭され、就職先を探したのだ。四年間パートしかしていなかったことが響いて、行く先々で落とされたが、何社か受けるうち、以前勤めていた出版社の人の紹介で、横浜駅近くにある教材会社になんとか採用してもらった。

それから五年、ずっとひとりで生きている。朝起きて会社に行き、夜はたいてい家で食べる。しずかで落ち着いていた。なにより、ここならもうだれにも穴を踏まれることはない。

コロナ禍になってからはリモートワークが増え、昼食も家で食べるようになり、食事はすべて家でひとりで取るようになった。連れがいなくても、外の店で食べていたときは周囲の客の雑談が聞こえたものだったが、いまはだれの声も聞こえない。

感染症予防という名目で、両親や姉と会う機会もなくなった。そもそも離婚後はほとんど会っていなかったのだが、皆無になった。職場の人とも会わず、飲食店にも行かない。買い物もスーパーとコンビニくらいで、人と顔を合わせて言葉を交わすことはほとんどなくなった。

弁当や惣菜の味には早々に飽きて、なにを見ても食欲がわかなくなり、なんとか食べられそうなものを買ってきて自炊するようにもなった。自分で作ったあたたかい料理は思いがけないほどおいしく、そのときだけは食欲もよみがえる。

しかし自分のためだけに料理をするのはやはり面倒で、結局果物や豆腐のような水分の多い食べ物だけを買ってきて食べるようになった。

寝ているときも起きているときも、ほとんどの時間はひとりだった。そのあいだもずっと穴はわたしのとなりにあった。身体も心も少しおかしくなっていることはわかっていたが、穴に対する恐怖はなくなった。

周囲に人がいなくなり、他人に穴を踏まれることがなくなったからかもしれなかった。さらに、人には見えない穴が見えることへの恐怖を感じる機会もなくなった。

人には見えないものが見える。それはわたしの目や頭が引き起こす錯覚なのかもしれない。だが、こう考えることもできる。ほかの人が生きているのは穴のない世界。わたしが生きているのは穴のある世界。いっしょの世界にいるような気がしているけれど、ほんとは見えない境界があり、わたしは一生、境界の外の人と真に触れ合うことができない。それはひどく孤独なことで、穴があることではなく、わたしはその孤独に怯えていたのかもしれない、と思った。

しかし、リモートワークでは直接人と会うことがない。画面のなかに相手の顔は映っているが、背景はたいていぼかされているか、人工的な壁紙になっている。その人のまわりにほんとうになにがあるかはわからない。

わたしの穴もそれとそう変わらないように思えたし、だれもだれとも会えないなら、みんな孤独である。穴があるかないか関係なく、みんな別の世界に住んでいて、直接会うことはできない。それがあまりいいことでないのはわかっていたが、肩の荷がおりたような気もしていた。

コロナ禍は予想以上に長引き、二年経っても街を歩く人はみなマスクをしている。緊急事態宣言やまん延防止等重点措置が発令されたり解除されたりをくりかえし、店の営業はなかなかもとに戻らない。そのあいだにたくさんの飲食店がなくなって、町の景色も変わった。

感染者数が減ったわけでもないが、いつのまにか対策を緩和したり解除したりする国も増えた。この先どうなるかわからないが、日本でもみなマスクをしながら会社に通うようになった。

わたしも通勤している。だが、前とはどこかちがう。退勤後の飲み会はあまりおこなわれなくなったし、人と人との距離が少し開いた気がする。

口元を隠しているからなのか、だれにでも人に言わない隠れた部分があるのかもしれない、と感じるようになった。みんな隠しているだけで、わたしの穴と同じようなものを持っているのかもしれない。

それなら境界はわたしのまわりだけでなく、すべての人のまわりにあるということだ。ほかの人に穴が見えないことに不安を感じることも少なくなっていった。


春になった。ロシアとウクライナで戦争が起こり、なかなか終結せず、町の人たちはみんなマスクをしたままだ。それでもあたたかくなると、空気のなかに植物が芽吹くときのやわらかな匂いがただよいはじめた。

日曜日、日差しに誘われ、わたしも外に出た。久しぶりに散歩をし、団地のなかにある梅で有名な庭園に足を運んだ。庭園いっぱいに梅の花が咲き乱れ、ほのかな梅の香りがたちこめていた。

園内には梅を見にきた人がたくさん歩いていた。マスクをしてはいるが、家族、友人、恋人だろうか、みんな連れと会話を交わし、スマホで写真を撮っている。遠くからながめながら、わたしにはああいうことをする相手がいないんだな、と思った。

「あなた、妙なものを連れてますね」

そのとき、どこかから声がした。囁(ささや)くような声なのに、まわりのざわめきをくぐり抜け、まっすぐわたしのところに届いた。声のした方を見ると、通路の脇のベンチに座った男と目が合った。フードのついたグレーのパーカーを着た年齢不詳の男だった。

変な宗教の勧誘かもしれないし、新手の詐欺（さぎ）かもしれない。無視して立ち去ろうと思ったが、その男の空っぽな表情が気になり、見入ってしまった。会ったことはないはずだが、なぜかなつかしい気がした。

「その、穴のようなものですよ」

ぼうっと立ち尽くしているわたしに男が言った。

「穴——」

穴。この人、わたしの穴が見えているのか。

「見えてないんですか？　いえ、見えてますよね。その、足元にある穴ですよ」

男がわたしの穴を指さす。

「見えるんですか」

わたしは訊いた。

「ええ。見えますよ」

男は言った。あたりまえのような口ぶりで、この穴は男にとってはめずらしくないのかもしれない、と思った。

わたしは男に近づき、前に立った。

「まあ、横に座ったらどうですか。別に宗教の勧誘でもないし、詐欺でもありませんから。自分で言うのもなんですけど。それにこんなに人の多いところじゃ、おかしなことはできないでしょう?」

男は笑った。わたしはしばらく立ったまま男の顔を見ていたが、横に座ることにした。勧誘でも詐欺でも犯罪でも、とにかくこの男には穴が見えるのだ。そんなことはわたしの人生のなかではじめてだった。ここで話さなければ後悔する、と思った。

「いつから見えますか」

いきなり、男が言った。わたしの足元にある穴を見つめている。

「最初から……。物心ついたときからありました」

「そうですか」

男は身体を前に倒し、膝に肘をつく。両手を祈るように握り、その上に顎をのせた。

「これが見える人に会ったのははじめてです。あなたは、これがなんだか知っているんですか?」

「そうですね、まあ、知っています。たぶん、アナホコリというものでしょう。こんな大きなものを見たのははじめてですが」

「アナホコリ……。これ以外にもあるということですか」

「ありますよ。あなたにはあなたの穴しか見えていないのだと思いますが、アナホコリだけでなく、似たようなものはたくさんあるんです」

「似たようなもの……」

思いもよらない答えに、わたしはあたりを見まわした。

「どこにあるんですか」

「いろいろなところに。あなたの穴のように人についているものもあれば、場所についているものもあります。たとえば、あの木の根もととか」

男はそう言って、向かい側に立っている梅の木の根もとを指した。

「あの木の根もとには、丸くて真っ白いものがいくつかくっついている。そうですね、大きいものでサッカーボールくらい。見えますか？」

目を凝らしても、白いものなどなにも見えない。わたしは首を振った。

「全部が見える人は稀ですから。わたしだって全部が見えているのかはわからない」

「なんなんでしょう、それは。妖怪のようなものなのですか」

「妖怪」

男は笑った。

「一般的な妖怪とは少しちがいますが」

「どうちがうんですか」

「妖怪というのはなんというか、人や動物に似たものでしょう？　目や手足があって動きまわるような。でも、これはちがう。動かないものの方が多いし、動くとしてもこの穴があなたについてくるように、自分で動くわけじゃない。目や手足もありません。どちらかというと……」

男はそう言って地面を見つめた。

「植物やキノコやカビに近い。だから植物の妖怪と説明する人もいる。わたしたちはウツログサと呼んでます」

ウツログサ。虚ろの草ということか。

そういえば、キノコの類にホコリと呼ばれるものがあるのを思い出した。会社で作っている生物の資料集で見たのだ。いや、キノコではなく、変形菌か。朽木(くちき)の表面に網目状に広がる変わった生き物で、単細胞の時期、複合した変形体の時期、子実体(しじつたい)の時期がある。子実体の時期に胞子を形成し、小さなキノコのように見えるので、キノコの一種と思われていたらしい。

この穴、だから「アナホコリ」という名前なのか。そういえば、地面に広がった姿は図鑑で見たススホコリに似ていなくもない。菌類も変形菌も正確には植物ではないが、ウツログサという名前だって「植物のような」というくらいの意味なのだろうから、それで良いのだろう。

変形菌は粘菌とも呼ばれ、南方熊楠が深く関心を持ち、研究していたことでも知られている。移動すること、変形体から子実体と形を変えていくことなど奇妙な生態を持ち、いまでも愛好家がいるみたいだ。ときどきＳＮＳで画像や動画が公開されている。不気味なようにもうつくしくも見え、流れてくると思わずながめてしまう。

「ほかにも見える人がいるのですか」

「ええ。むかしからどこにでもあるものですから。妖怪みたいに自分で動かないから、怖がる人が少なかったんでしょうね。だからあまり知られてはいませんが、見える人はいた」

「そうなのですか」

「街が夜もあかるくなって、妖怪と呼ばれるものたちは居場所を失ってしまったのかもしれませんね。いても姿を隠しているとか、別の形に変化して人にまぎれているのかもしれませんが。ともかく、わたしにはそういうものは見えません。でも、これは光を怖れないみたいです。目がないですからね。まわりに人がいることも気にしません。だからいまもたくさんいます。巨樹のように大きなものもありますし、形はいろいろです。

さわれるものもあれば、さわれないものも……」

「そんなものがいて、困らないんですか。害があったり……」

「あなたもこれとずっと共存してきたんでしょう？　これらはみなその程度のものなんです。そこにいるけど、いるだけ。見えなければ問題はない。植物と同じで、意思があるのかもよくわかりません。そこにあるだけのものがほとんどです」

男はそう言ってから、少し黙った。

「ただ、なんらかの害をおよぼすものもあります。毒のある植物やキノコもあるでしょう？　それと同じです」

「毒ですか」

「世の中で、ときどきわけのわからないことが起こるでしょう？　突然会社が傾いて潰れてしまった、とか。そういうときにウツログサが関係していることもあります。先日はあるマンション全体に赤いウツログサがはびこってしまいましてね。住人たちがみなおかしな夢を見るようになり、健康を害してしまいました」

男は淡々と言った。

「それで、どうしたんですか」

「祓いましたよ。そうするしかありませんでしたから」

「祓う？　祓うことができるんですか」

「できます。ものによりますが。除草剤のようなものがあるんです、一応」

除草剤。どんなものなのだろう、と思ったが、訊かずにおいた。

「もともとは住人のひとりについていたものだったんですが、急激に成長してしまったようですね。コロナ禍で人が家にいる時間が増えたからでしょうか。最近はそういうことが増えました」

「わたしの穴は、なかから声が聞こえるときがあるんです。それも毒でしょうか」

「声？　どんな？」

男に問われ、少し迷った。

「わたしは穴のことをほかの人に話したことがありません。子どものころには親に言ったこともありましたが、信じてもらえませんでした。以来、だれにもしゃべらずにいましたが、ふたりだけ例外があります。祖母と、中学のときの友人です」

林さんを友人と呼ぶのは変な気もしたが、とりあえずそう言った。

「そのふたりだけは、穴のことを信じてくれました。いえ、穴自体を信じたというより、わたしに穴が見えていることを信じた、と言った方がいいかもしれませんが。とにかく、そのふたりは穴に触れました」

「それで？」

「なにも起こりませんでした。でも、そのあとすぐ、祖母も友人も死んでしまって」

「死んだ？」

男が目を見開く。

「祖母は老衰で、友人は線路に落ちたんです。友人の方は自殺かもしれない、と噂されていましたが、穴に触れるより前から家族のことで悩んでいたみたいで、死にたい、と漏らしてもいたので。穴とは関係ないと思うんです」

穴とは関係ない。ほんとうにそうだろうか。

「いえ、関係ないかわからないです、ふたりが死んだのはわたしが穴のことを話したせいじゃないか、とも思ってました。それが怖くて、考えないようにしていましたが」

うつむいて言い直した。

「なるほど。でもたぶん、その人たちが死んだのは、アナホコリとは関係ないと思います。その人たちにはアナホコリが見えなかったんでしょう？　だとしたら、ウツログサの影響は及ばないはずです。それで、さっきの声というのは？」

男が言った。

「祖母も友人も、穴に触れたとき、ひとことふたこと、言葉を口にしたんです。彼女たちが死んだあと、そのときの言葉が穴から聞こえてくるようになりました。時間が経つと声は遠のいて、不明瞭になって……。いまは波のような音しか聞こえませんが」

あともう一度、夫と喧嘩になったとき「嘘つき」という声が聞こえたが、そのことを話す気にはなれなかった。

「そうですか。それは木霊のような作用ですね。ときどきこれが人の言葉を吸いこんで、そのまま返してくることがあります。でも、これには言葉を理解するような知性はない。だから意味はわかっていないはずです。ただ機械的に返しているだけ」

「そうなんですか」

意味はわかっていない。

がっかりしたような、安心したような不思議な感情に襲われた。

穴から聞こえてくる声。わたしはそれを聞くことで、慰められていた。

祖母と林さんの口からその言葉を聞いたとき、なぜか心がつながったような気がした。他人と自分の境界を超えて、人と心がつながった瞬間。ほんとうのことを話せた瞬間。

それはわたしの人生のなかで、数少ない出来事だった。マスクをつけているように、わたしのまわりには境界があり、その外の人とほんとうのことを話すことはできなかった。ずっと。祖母と林さんと話したときだけ、それがはずれた気がした。

祖母はともかく、林さんと話したのはあのときだけで、親しかったとはとても言えない。それでもあの二回だけが、わたしの人生のなかで外と直接触れた瞬間だと感じていた。

穴に寄り添い、くりかえしくりかえしその言葉を聞き、やがて声は遠のき、形を失っていった。あれはただの録音のようなもので、穴にはなにもわかっていなかった。そのことがさびしくもあり、穴に心がないということに安堵もしていた。

「祓うこともできますよ」

「えっ」

男の提案に思わず声が出た。

「祓う、ってこの穴をですか」

「そうです。さっきも言ったでしょう、除草剤のようなものがあるんです。いくつか種類があってどれが効くかはわからないから、ちょっと時間がかかるかもしれないですが」

「もしかして、あなたはこれを祓う仕事をしてるんですか？　さっきの赤いものを祓った話も」

「仕事……。そうですね、赤いウツログサのときも、宿主から頼まれたんですよ。あのときはずいぶん広がって大きくなっていたから料金もかさみましたが、あなたのアナホコリはさほど大きくない。たぶんそれほどかかりません」

男が提示した金額は、わたしの部屋の家賃半月分くらいだった。安くはないが、出せないわけではない。それでほんとにこの穴がなくなるのであれば。

「この穴も放っておくと、その赤いもののようになるのでしょうか。大きくなってほかの人に被害をおよぼすようなことも……?」

「それはわかりません。どうして大きくなるのかもわかりませんし、小さいままで終わるものもいる」

「だとしたら、あっても困らないということでしょうか」

「それもなんとも……。問題を起こさないまま終わっていくこともあります。ただ」

男は少し黙った。

「あなたは、この穴のことをどう思っていますか?」

「どう、と言うと?」

意図がわからず、問い返す。

「物心ついたときからいっしょにいたんですよね。どんなふうに感じていましたか?怖い、とか、好きとか嫌いとか、なにか感じるところがあったでしょう?」

「怖い……ような気はしていました。あと、落ちたら死ぬ、と」

思い出しながらわたしは言った。

「死ぬ？」

「ほかの人が穴にのっても、なにも起こりませんでした。でもなぜか、のったら落ちるような気がして。祖母や友人が死んだことで、穴と死が結びついてしまったのかもしれません」

「そうですか」

男はゆっくりうなずいた。

「さっきわたしは、お祖母さんやお友だちが亡くなったのはアナホコリのせいではない、と言いました。その人たちはそれが見えていなかった。この前の赤いものほど大きくなれば別ですが、ウツログサは基本的に見えている人にしか影響を与えません。でも、逆に言うと、見えている人には影響を与えます」

男はしずかに言った。

「じゃあ、わたしにも？」

「はい。それから、これには言葉を理解する知性はない、とも言いました。意味はわかっていない。でも、宿主の気持ちには反応するのです。たぶん、お祖母さんやお友だちが亡くなったあとその言葉を復唱していたのは、あなたがその言葉を聞くのを喜んでいたからです」

はっとした。あたっていると思った。わたしにとって、あのふたつの言葉はとても大切なもので、わたしは生涯そのふたつの言葉にすがってきたような気がした。

「宿主を理解しているわけではないのです。ただ宿主が喜ぶことをすると、彼らにとってもよいことがあるのでしょう。寄生と同じです。それが増幅しあっているうちに、さっき話した赤いもののようになってしまうこともあります。そこまで力が強くなると、周囲のほかの人たちを引きこむようなことがあるかもしれません」

穴がどんどん大きくなり、地面いっぱいに広がるのを想像して、怖くなった。

「とりあえずあなたの穴はまだそんなことにはなっていない。けれども、あなたの考えていることは穴に影響を与え、そのような形に変容していきます。そしてそれは、あなたにとっては現実になる」

「現実？」

「あなたはこの穴の上にのったら落ちる、と思っている。だから、あなたがこの穴にのったら落ちるかもしれません。あくまでも可能性の話ですが」

「落ちたら、どこに行くのですか？」

「それはわかりません。あなたはこの穴が死の世界に通じていると思っていた。だから死ぬのかもしれません。でも、これが死を理解できているかはわかりません。だから、死ぬのではなく、これが作った世界に行くのかもしれません」

「帰ってこられるのですか?」

「むずかしいでしょう。これまでもこれにのみこまれた人はいるのです。でも帰ってきたという話は聞きません」

　男はふうっと息をついた。

「もっとも、のみこまれた理由ははっきりしません。宿主の思いに影響されるというのも、わたしの想像です。そう考えると辻褄が合うというだけ。ほんとはもっと別の理由なのかもしれない。だからそうなるかもしれないし、ならないかもしれない」

　行った先はどんな世界なのだろうか。帰った人がいないのだから、男に訊いてもわからないだろう。ただわかるのは、そこにいるのはわたしだけだということだ。

　いまこの世界で人とうまく交われず、境界があると思ったとしても、周囲に人はいる。だがその世界にはまったくだれもいない。真に孤独な世界だ。

「いまのうちに祓っておいた方がいいということでしょうか」

　わたしは訊いた。

「それは……。人それぞれですから」

男は目を伏せた。

「ちょっと考えたいんです。突然で、自分がどうしたいか、よくわからなくて」

しばらく考えてからそう言った。

「そうおっしゃる方は多いです。わたしも無理に祓う気はない。あなたの穴はいまのところしずかだし」

わたしは穴を見おろした。

「じゃあ、こうしましょう。来週の今日、同じ時間にわたしはここに来ます。そのとき答えを教えてください」

男はそう言って、立ちあがった。

少し目を離したすきに、男の姿は完全に消えてしまっていた。

男と会って話したことが、全部夢だったような気さえした。だが、ここに来たときは高かった日がもうかたむいて、日差しも黄味を帯びている。肌寒い風が吹き、人も減った。

時計を見ると、そろそろ閉園の時間が近づいている。わたしはぼんやり庭園のなかを歩き、梅をながめながら男のことを考えていた。

閉園時間ぎりぎりに庭園を出て、買い物をして家に戻った。ひとりの家の六畳間に腰をおろし、畳のうえの穴を見つめた。

これが見える人がいた。

いまになって、そのことに驚いていた。あのときは男があまりにもよどみなく説明し、次々と知らない話が出てくるのでそれについていくのでやっとだったが、これが見える人と出会ったのは生涯はじめてのことで、じゅうぶん驚くに値することだった。

世界にはこういうものがたくさんある。わたしに見えるのはこの穴だけ。穴が見えることが特別だと思いこんでいたが、あの男の目にはもっとたくさんのこういうものが見えている、ということだ。

もちろんあの男自体、白昼夢かもしれないけれど。

畳にごろんと横たわる。目の前に穴があった。

これを祓うことができる。ぼうっと男の言葉を思い出していた。放っておけばこれがどんどん大きくなって、わたしをのみこむかもしれない。そうしたらわたしはほかにだれもいない世界で、ただひとりあり続けなければならなくなる。

いつまでだろうか。そこでわたしが死ぬまで？　その世界で、いつか死ぬことはできるのだろうか。

目を閉じる。ざわざわと波のような音がした。男はこれは幻覚などではなく、存在している、と言った。ウツログサ。植物かキノコかカビのようなもの。そう言われてみると、そんな気もしてくる。

わたしのとなりに、闇のように黒い生きものがいる。それは植物のように動かず、なかでさやさやと音を立てていた。真っ黒い草原のように。

いつのまにか、わたしは黒い草原を歩いていた。ざわざわと波のような音がする。風で揺れているのか、草たちが自分で動いているのかわからない。目の前の草原がするするとふたつに割れて、あいだにできた細い道を進むと、目の前に光るものがある。

穴だった。穴の向こうから光が差している。わたしはその縁に近づいた。

なぜだろう、いつだったかここと同じ場所にきたことがあるような気がした。穴に顔を近づけ、なかを見る。

あかるい、と思ったとき、目が覚めた。

畳の上で眠ってしまっていたようだった。そうして思い出した。わたしは前にもあの場所に行った。夢のなかで。夫と言い争いになる前、わたしはこたつにはいったまま眠って、あの場所に行った。

胸に重苦しい塊(かたまり)があって、苦しくて苦しくて、同じように草原を歩いて、あの光る穴に向かって、その塊を吐き出すように、嘘つき、と叫んだ。夫が嘘をついていると知っていた。でも認めたくはなかったのだ。そうしたらいまの生活が崩れてしまうから。

あのとき穴が発したのは、わたしの声だったのだ。

夢のなかでわたしが光る穴に向かって言った言葉。

——どいて、踏まないで。

——あるよ。見えないけど、ある。わたしの大事なものが。

あのときの自分の言葉が耳の奥によみがえる。

わたしの大事なもの。目の前の穴を見つめた。これが、わたしの大事なもの。ほかの人に見えない、言葉を解さない、この世とは別の理(ことわり)で存在するもの。情けないことに、それがわたしにとって、なにより大事なものだった。

穴は、祖母であり、林さんだった。わたしと触れ合った心だった。たとえそこから聞こえる声が、心を持たないそれが発した木霊だったとしても。

夫と結婚したのは、そうすればふつうになれると思ったから。穴のことを忘れられると思ったから。でも結局、わたしは穴の方を選んだ。穴が見えない夫を憎んだ。夫だって、ほんとうにわたしを愛していたのかわからない。夫も夫で、なにか別のまぼろしを見ていたのかもしれない。

けれども最初は楽しかったのだ。あのとき夫は泣いていた。わたしも泣いた。あの暮らしを失いたくなかったから。

この穴がなくなる。若いころの望みが叶うのだ。そうすればわたしはほかの人と同じになって、もしかしたらもう一度だれかと出会って、結婚できるかもしれない。子どもを産んで、だれからもうしろ指さされない人生を歩めるのかもしれない。

この穴がなくなれば。

一週間後の日曜がやってきた。わたしはもう一度庭園に出かけた。男は同じ場所で待っていた。わたしは男に、祓わなくてけっこうです、と答えた。

「そうですか」

男はあっさりそう言った。怒っているわけでも悲しんでいるわけでもない。こういうことに慣れているのだろう、と思った。

「それを選ぶ人も多いです。ただ、まあ、どうしようもない状況になったら、ここに電話してください」

男は名刺を差し出した。そこには「笹目」と書かれ、電話番号と郵便局の私書箱の番号が記されていた。「笹目」というのは苗字なのか、名前なのか、それとも屋号やハンドルネームのようなものなのか。わからないが訊かずにおいた。

「わかりました。なくさないようにします」

そう答えると、男はしずかに微笑んだ。

「でも助かりました。これがあるということがわかって、心底安堵したんです。まぼろしではなかったんだと」

「そうですか。ならよかった」

「どうにもならなくなったら、電話します。ありがとうございました」

そう言って頭を深くさげた。顔をあげると、男はもうどこにもいなかった。


先週と同じように、わたしは駅前にあるスーパーで夕飯の買い物をして、ぶらぶらと歩いた。明日からはまた会社に行かなければならない。穴の見えない人たちと会話したり、ときには笑ったり文句を言ったり、食事したりしなければならない。

そろそろ両親のところにも行ってみようか。コロナ禍のあいだ、両親や姉から何度か電話やメールがきた。これが落ち着いたらみんなで集まりたいね、と書かれていた。最初は気が進まなかった。穴が見えない人、穴の話ができない人と会うことに意味がないような気がしていた。わたしにとって、穴こそが外との接点だと思いこんでいた。

団地に住んでいたころ、祖母と母と姉で銭湯に行ったときのことを思い出した。祖母の皮膚はしわしわで、でもとてもやわらかく、やさしかった。それに触れるのが好きだった。昼間に行く銭湯はあかるくて、音が高く響いた。あの銭湯ももうなくなってしまったと聞いた。

穴にさわることはできない。でも祖母の身体には触れることができた。

穴は捨てられない。それはわたしそのものだから。でも実家に行って、両親や姉と会うのも悪くない気がした。会って話す。おたがいに生きているからこそできること。

ひとり家に帰り、穴に耳を傾ける。なかからは波のような雑踏のような音が聞こえた。たくさんの人の声が混ざり合い、内容は聞き取れないがにぎやかだった。

穴とともに生きようと思った。いつかそれがわたしをのみこんでしまう日まで。

わたしは穴の上に手をかざした。さやさやと風が吹いてきて、肌にあたった。

あたたかい、春のような風だった。

オモイグサ

はじめて爪から草の芽が出たのは、小学校高学年のときだった。

朝起きたら左手の人差し指の先から小さな芽が出ていた。わけもわからず、あわてて抜き去った。抜くのに痛みはなく、抜いたとたん、芽はすうっと消えていった。爪にはなんのあともなかった。夢だったのかもしれない。そう思いながら朝食をとり、家族にも話さなかった。

季節は夏だった。夏休みの一週間ほど前。梅雨はもう明けていて、ランドセルを背負って外に出ると、まだ朝なのに日が照っていて暑かった。その日はプールがあって、水しぶきがあがるなか、みんなできゃあきゃあ騒いだのをよく覚えている。

学校にいるあいだ、草の芽のことはすっかり忘れていた。しかし、帰り道、家に向かってひとりで歩いているとき、左手の爪の先に緑のものが見えた。驚いて手を見ると、朝と同じように爪から草の芽が生えてきていた。わたしは驚き、プールバッグを地面に落とした。そして、反射的に草をむしった。朝と同じように痛みはなく、抜いたとたん草の芽は跡形もなく消えた。

朝起きて学校に行ったつもりだったけれど、これもまだ長い夢のなかなのかもしれない、とも思った。だが両方の手のひらでもう一方の手をなでるとたしかな感触があり、手の甲をつねれば痛みもあり、夢ではないらしいと悟った。

病気なのかもしれない。指から草が生える病気なんて聞いたことがない。めずらしい病気。治療法もないかもしれない。難病で、治らないのかもしれない。いつか身体じゅうが草になって、死んでしまうのかもしれない。

日差しのなかでそんなことを考え、怖くなってしゃがみこんだ。顔を伏せると、アスファルトに映った自分の黒い影が見えた。その影のなかに、蟻の列が通っていった。列はずうっと長くのび、目でたどるとその先に虫の死骸があった。

この蟻たちはあの虫を運びにいくんだな、と気づいた。

人はみんな死ぬ。去年死んだおじいちゃんのように。棺にはいったおじいちゃんはすっかりしぼんでしまっていて、おじいちゃんじゃない偽物のようだった。その空っぽな顔を見ていると、生きていたことすら信じられない気持ちになった。

もう一度手を見ると、指先に草はなかった。きっと全部まぼろしだ。そう思おうとしたが、次の朝になるとやはり爪から草が生えていて、ああ、もうこれは逃れられない、生理と同じでずっと続くんだ、と確信した。

何ヶ月か前に生理がはじまって、身体から流れ落ちる血を見るたびに、なんだか悪夢を見ているようだった。でも夢じゃないから覚めない。もうこれがはじまる前の世界には戻れないし、ずっとここから逃れられない。そうやって少しずつ死に近づいていくんだ、と思った。

あのときは、母があたりまえのことのように処理してくれて、電子レンジの使い方を教えるのと同じように、これからどうすればいいのかを淡々と教えてくれた。そして、子どもを産むために必要なことなんだよ、と言った。

そうやって母が血を流すことでわたしが生まれたと思うと、そんなことまでして産まなくてもよかったんじゃないか、とぞっとした。生き物は、そうやって血を流して子どもを産むことをくりかえしてきた。生まれてしまえば痛いこともあって辛いこともあって、それから少しずつ老いていって、いつか死ぬことに怯えなければならない。

それが生きるということなら、呪いのようだと思った。すべてを断ち切って終わりにしないと、生き物はいつまでも救われない。

子どもにとっては、世界は永遠だった。だが、もう永遠の世界には戻れない。血を流しながらいつか死ぬ、そういうものになってしまったのだ、と思った。

母にはわたしの爪の草は見えないようだった。見せる前からそんな予感はしていたが、草が生えたままの爪を見ても、母はなにも反応しなかった。人に見えないならそれでいいか。どこかあきらめたような気持ちで、わたしは草の存在を受け入れた。

草はいつも生えてくるわけではない。しばらく全然生えずにいるときもある。と思うと、朝起きたとたん、何本も芽が出ていることもあった。最初のうちは怖くて生えるとすぐにむしっていたが、あるとき、放っておいたらどうなるのだろう、と思った。

生えてきた草をむしらずにいると、学校にいるあいだに少しずつのびていった。お昼ごろにはわたしの指の長さと同じくらいまでのび、葉がついた。いったん切って食べた豆苗（とうみょう）の根元を水に入れて育てたことがあるが、それと少し似ていた。

学校が終わるころには、何本かに枝分かれして、葉が茂りはじめていた。青々としたそれはうつくしく、すばらしいものを手に入れたようで、誇らしかった。だれかに見せびらかしたい気さえしたが、あいにくこれはだれにも見えないもののようだった。

わたしは取り立てて特徴のない子どもだった。そして、それをよく知っていた。だからこの草が宝物のように思えた。帰り道、ゆらゆら揺れる草を見ながら、自分にはこの草がある。だれも持っていないものを持っている、と満ち足りた気持ちになった。

このまま育っていけば、いつか花が咲くときもあるのだろうか。どんな花なのだろう。

大きいのだろうか、それとも小さい花がいくつもつくのだろうか。色はどんなだろう。わたしの好きな色だったらいい。あまりどぎつい色は嫌だ。薄紫か白。それか水色。夜、自分の部屋で葉を光に透かし、次の日のことを夢見た。次の日が楽しみになるなんて、ずいぶん久しぶりのことに思えた。

だが、次の朝見ると、葉はしおれていた。葉も茎も茶色くなり、光にあてるとはらはらと消えた。昨日はあんなに茂っていたのに。なにがいけなかったのだろう。水をやらなかったからか。だが、土とちがってわたしの爪には水を入れるような場所はなかった。数日後、芽はまた出てきた。一日かけて草はするすると育っていき、次の朝になるとまた枯れていた。これは一日きりの命なのかもしれない、と悟った。

いつのまにか、草があることに慣れていた。一日で枯れてしまうこと、人からは見えないことをのぞけば、草がのびるのは髪や爪がのびるのと似たようなもので、特別なものではなくなっていった。だが、あるときそれが変わった。

高校生のときのことだ。ななめ前の席の男子が気になるようになったのと同じころ。背はそれほど高くない、特別人気があるわけでもない人だったが、切長の目と少ししゃがれた声に惹かれ、気がつくといつも目でその人を追っていた。

昼休みのあとの五時間目の授業中、その人の背中を見ていると爪から草がどんどんのびてきた。こんな速さで草がのびたことなどなかったので、わたしは思わず声をあげそうになった。

いつもは一本だけなのに、そのときはすべての指からするするとのびはじめ、おそろしいほどの勢いで茂った。教科書もノートも草に埋もれ、机の上が小さな草原になった。そして、あちらこちらにつぼみが出て、花が咲いた。早送りにした植物の成長を見るようだった。

花はツユクサのような形で、真っ白だった。これまでになかったことが起こっているのに、最初はただきれいだな、と見とれていた。だが、草はさらに広がり、やがて机をはみ出して、その人の方にのびようとした。わたしはなぜか怖くなって、草を根本からむしった。

花はあっという間に枯れて、茎も葉もしおれて、さらさらとくずれていった。

その人とはほとんど言葉を交わさないまま一年が終わり、翌年は別のクラスになった。接点もなく、廊下でその人の姿を目にするたびに胸が高鳴ったが、話しかけることはしなかった。

同じクラスだったとき、わたしは毎日のようにその人を見ていたが、彼がわたしを見たことはなかった。同じクラスだったことくらいは覚えているかもしれないが、名前を覚えているかわからない。そう思いながらも、ほんとうに覚えていないとわかれば、自分が傷つくと知っていた。

結局ひとことも言葉を交わさないまま卒業式の日がやってきた。式の最中、卒業証書を受け取る彼の姿を見たとき、いつものように爪からするすると草がのび、白い花を咲かせ、わたしはその白い花を見ながら、自分の一生はきっとこういうものにちがいない、ほしいものには決して手が届かない、そうやって過ぎ去っていくにちがいない、と思っていた。

大学生のあいだに何度か男性とつきあう機会があったが、それは相手に求められたり成りゆきだったりで、自分の心が動いていないことはわかっていた。高校生のときのように爪から草が生えてこなかったから。そういう自分が不誠実に思え、どのつきあいも長続きはしなかった。

もうあのときのようなことは起こらないのかもしれない。草が芽生えることはあっても、あのときのように生い茂ることも、花を咲かせるようなこともなく、あれは一生に一度のことだったのかもしれないと思いもした。

それが変わったのは、卒業して働くようになってからのことだ。わたしは品川駅の近くにあるカルチャースクールの事務員で、その人とよく似た切長の目の講師を担当することになったのだ。背が高く、似ているのは目元だけだったが、その目を見た瞬間に心をつかまれてしまった。

爪から草が芽を出し、悲しいほどどするするとのびて、生い茂った。そのとき、自分がずっとあの人の代わりを探し続けていたのだと気づいた。そしてきっとこの思いを告げることができないまま終わり、また似た人を探す。

彼は東洋美術史が専門で、大学で非常勤講師をしながら雑誌に美術関係の記事を書いているらしい。やり手だが世俗的な欲がない人だと評されていた。わたしより十も年上だったが大学に縛られたくないという理由でずっと非常勤講師で通しているらしい。

だが出版の世界ではフットワークが軽くなんでも請け負ってくれると評判なようで、新聞や雑誌でもしばしば名前を見かけた。スクールの講座も人気が高く、希望してもはいれない人がたくさんいて、いつも順番待ちになっていた。

講座のあとも受講生に囲まれ、待合室に編集者が訪ねてくることもあった。よく通る声で明朗に話し、そこにいるだけで場が盛りあがる。華があるというのはこういう人のことを言うのだろう。そして、既婚者だった。

打ち合わせのあと、彼はわたしを食事に誘ってくれた。にぎやかな居酒屋で楽しそうに、雑踏が好きなんだ、人がたくさんいる場所に行くと元気が出るから、と言った。雑踏が苦手なわたしには意外な言葉だったが、そういう人もいるのか、と心惹かれた。世俗的な欲がないと言われているみたいですね、と訊くと、僕は責任を持つのが嫌なんです、と言った。

――偉くなるということは、なにかを判断しなければならないということ。なにかを選んでなにかを捨てなければならなくなる。そうなればだれかを傷つけるかもしれない。それをできるだけ避けたいんですよ。簡単に言えば、無責任な人間なんです。

そう言って笑った。

何度かいっしょに出かけるうちにつきあうようになった。わたしが行ったこともないアジアの街や遺跡の話をし、博物館で展示があるときは連れていってくれた。帰りにわたしの家に寄り、いっしょに夕食を作ることもあった。彼はアジア料理が得意で、生春巻きやフォーを楽しそうに作っていた。

だが泊まることはなく、終電前に必ず帰っていった。家には奥さんと息子と娘がいることを知っていたし、家への不満をこぼすわけでもないから、彼がわたしを騙している とは言えない。わたしもそれで良い気がしていた。

わたしの実家は小さな地方都市にあり、大学で東京に出てきた。最初は学生寮にいたが、寮に住むほかの学生と合わず、アパートに移った。その後も何度か引っ越し、いまは横浜から数駅のひかり台というニュータウンにある賃貸の団地に住んでいる。都内の家賃より安く、面積も広い。建物自体は古いが改装されてなかはきれいだった。品川までは乗り換えなしで行けるし、駅から歩いて一分もかからないから、以前住んでいた私鉄沿線の都内の駅から通うより通勤時間が短いくらいだった。

ひとりでいることには慣れていた。近所に知り合いはいない。ひとりで買い物し、ひとりの部屋に帰る。さびしさもあるが、たまに実家に帰れば二日目には人がわずらわしくなり、ここに戻ってくる。だからきっと、だれかと家庭を持つことなんてできるはずがない、と思っていた。

彼といると、爪から草がのびた。繁茂し、藪（やぶ）のようになる。その藪は彼には見えないし、彼がその存在を感じることもない。だがわたしには藪が彼をすっぽり包み、覆い尽くしているのがわかる。彼に気づかれることなく、彼を包みこむことができる。

独占したいと思ったことはない。人が人を独占できるはずがない。結婚したって同じこと。そう思っていた。ただ人知れず彼を包んでいられることに満足していた。

その後コロナ禍にはいり、しばらく彼と会うこともかなわなかった。スクールもオンラインとなり、彼はほかの仕事との兼ね合いがあって、うちの講師を辞めた。

ウィルスの流行は終わったかと思えばまた流行り出すのくりかえしだったが、ワクチンの接種も進んでスクールも対面に戻りはじめ、彼ともときどき会えるようになった。

コロナ禍のために長いあいだ美術展も開催されず、外国に行くこともかなわず、変な世の中になってしまった、動きまわる性分なのにずっと家に閉じこめられて、気持ちが塞ぐよ、と苦笑いしていた。

わたしは彼と会えないことはさびしかったけれど、直接人と会わない暮らしがそんなに苦痛ではなかった。だが、彼のように外を歩き、人と話すことが好きな人にとっては、手足をもがれたような日々だったのだろう。表情から生気が失われてしまったようにも見えた。

ある日、彼がめずらしく旅行に出ようと言った。妻と子どもたちが不在なので、その日は外に泊まれるという。少しうれしく、少し怖かった。長い時間いっしょに過ごすのが怖いのかもしれないし、うれしいと感じていることが怖いのかもしれなかった。

行き先はひかり台から電車で一時間半ほどの海沿いの町だった。以前は海水浴客でにぎわう町だったらしいが、この数年はコロナのせいで人出も減ったらしい。季節も冬に近く、近隣の住民らしき人がぽつぽつ歩いているくらいだった。

曇っていて空は白い。薄暗い色の海がざあざあと波の音を立てていた。

歩くごとに足が砂に沈む。そのざらっとした感触で、なぜか子どものころに見た蟻のことを思い出した。虫の死骸に向かって歩いていく蟻の列のことを。波打ち際を歩く自分たちの前に蟻の列がのびているような気がした。

爪から草がのびはじめ、それが足元まで垂れさがって、波に揺れた。なぜか涙が出そうになる。悲しいわけではなく、うれしいわけでもなく、強いて言うなら怖かった。

しばらく無言で歩いたあと、話したいことがある、と彼は言った。いつもとはちがうなにか決意したような口調で、その声を聞いたとき、ああ、もうこれは終わるんだな、と感じた。そうして、この旅に来る前から自分はそのことに気づいていた、と思った。

もう会わないことにしようと思う、と彼は言った。申し訳ないとか、すまない、というような言葉はなく、ただそう言った。わたしも、どうして、とは訊ねず、そうですか、とだけ言った。海からの風に、声が流れていった。

「前から考えていたことなんだ。ずっと」

彼はそう言って、海の方を見た。爪からのびた草が大きく茂り、風に揺れた。

「よくないことですから。ご家族もいらっしゃいますし」

冷静に言ったつもりだったが、声がふるえているのがわかった。

「いや、それもそうだけど、それだけじゃないんだ。なんて言ったらいいかわからないが、君といるとときどき息苦しくなるときがあるんだ。なにかにからみつかれているようで……」

ずっと足元の砂を見ながら歩いていたが、彼のその言葉にはっとして顔をあげた。

「からみつかれる……？」

「すまない、悪い意味じゃないんだ。君が僕に無理なことを要求したことはないし、僕を束縛しようとしていると感じたこともない。だから僕はきっと気軽に君とつきあえたんだと思う。身勝手な話だとは思うけど」

彼はそこでいったん言葉を切り、沖の方を見た。

「君は孤独に慣れているように見えたし、ひとりが好きで、ひとりで完結しているんだろうと思った。だから楽だけど、さびしくもあった。僕が去ると言っても、君はたぶん追いかけてこない」

彼がいつものようにほがらかに笑った。

「よく言うだろう、男は、ひとりで生きられない女の方を選ぶって。前は愚かな話だと思っていたが、案外ほんとうのことなのかもしれない」

わたしはひとりで完結してなんかいない。そう言いたかったが口にしなかった。

「だけどそれは、自分を頼ってくる弱い人がいいってことじゃないんだ。すがりついてくる人というのは、自分の望みを口にできるということだろう？　みっともなくても、相手にされなくてもすがりつく。そういう人の方がほんとうは強い。ある意味、自分の感情に責任を持っているということだから」

そうかもしれない、とわたしは思った。灰色の海がうねり、風は冷たかった。

「感情をあらわにしないというのは、大人なように見えて、実は責任を負っていないということだと思う。そこまで懸ける気がないということ。それだったら懸けてくる人を取るだろう。危ういように見えても、そこには真実があるから」

足元に波が寄せ、また引いていった。白い泡が砂の上をくるくるとまわる。

「たぶん君はだれともぶつからないように生きてきたんだと思う。やさしいとも言えるし臆病だとも言える。そして受け身だ。自分から動こうとはしない。植物みたいに、日差しを受ければのび、日差しがなくなればその場でしおれていく。だれも責めはしない。いま考えてみると、僕は君のそういうところに惹かれたんだと思う。考え方ものごとの捉え方も、僕とはまったく異質のもので、どういうことなのか知りたかった」

知りたかった、という言葉におののいた。

彼は好奇心の旺盛な人間だ。だからわからないものに惹かれる。そしてその意味がわかったとたん、興味を失ってしまう。しゃがみこみそうになるのをこらえて、ただ行ったり来たりする波を見ながら足を交互に出した。

「植物っておとなしいものだと思うだろう？　でも僕はちがうと思う。熱帯で遺跡をのみこんでいく植物を何度も見た。石の間に根が割りこみ、隙間を広げていく。やがては全部森に包まれる。ほかの木にからみつき、絞め殺す蔓植物もある。動かないように見えるけど、ゆっくり動いているのと同じ。動かないけど獰猛だ」

そのとき、爪からのびた草がくるくると彼の腕にからみついた。

「君は僕を束縛しない。それでいて、君といるといつも縛られているような気がする。錯覚かもしれないけどね。それとも僕の願望なのか」

彼は海を見ながら、あきらめたように笑った。

錯覚でも願望でもない。わたしではなく、わたしの草がいつだって彼にからみついている。

「身勝手な話だと思うよ。でも、ただ受け身のまま、与えられるものだけを待っている、そういう君の在り方に疲れてしまった。えんえんと、なにを要求されているのかもわからないまま、与え続けなければならないような気がして。その重さに耐えられなくなってしまった」

彼はそこで立ち止まり、大きく息をついた。

「君にとっても、この状態を続けるのはよくないだろう。君はもっと、自分が本気で大事にしたいと思えるものを探した方がいい。自分から動いて、すがりつくほど大事なものを。その願いがかなわなかったとしても、人はそういうもののために生きるべきなんじゃないか。もちろん、僕にそんなことを言う資格はないだろうけど」

彼と行ったいろいろな場所が頭をよぎり、そういう時間がなくなることを思うと、泣き出したくなった。いつのまにか、彼との時間は変わり映えのしない日々のなかで唯一あざやかではなやかで、生きていると感じられる時間になっていた。

だが、声はなにも出なかった。みっともなくてもすがりつくべきなんだろうか。だが一度感情があふれだしたら、自分が壊れてもとに戻れない気がした。


その晩、最後にいっしょに寝たとき、爪から草が芽を出した。おそろしいほどの速さで茂り、彼の身体を包んだ。見る見るうちに蕾(つぼみ)をつけ、花が開いた。これまでに見たことのないような赤い花で、血のようだった。

これまで彼には見えていないと思っていたけれど、もし彼がこの草の存在を感じているのだとしたら、いつかそれとわからないままに彼を絞め殺してしまうかもしれない。

きっとこの草は、わたしが口にできない思いが形になったものなのだ。人と生活をともにできる気はしないが、ほんとうにひとりになることもできない。自分がそういう人間なのだと悟り、はらはら泣いた。

次の日、しばらく海を歩いたあと、ふたりで電車に乗った。彼はいったんひかり台で降り、わたしの部屋まで送ってくれた。わたしの部屋にあった自分のものを見て、全部捨ててもらってかまわない、と言った。

彼はうちのスクールの講師をやめていたから、仕事上のつながりはもうない。これまでの言動で、一度決めたことは必ず遂行する人だとわかっていた。わたしからの電話やメッセージは取らないだろう。こうして別れればもう会うこともない。

そうして玄関で、さようなら、と言った。エレベーターに乗りこむうしろ姿が見え、一瞬、追いかけようかと思った。だが足は動かなかった。こうやって追いかけないからダメなのだ、自分を捨てて、みっともなくても追いかけなくちゃダメなんだ、と思いはしたが、結局一歩も動けなかった。

部屋に戻ったとたん涙があふれた。この先ひとりで生きていける気がしない。果てしなく続く砂漠のような日々をひとりで歩いていかなければならない。別になにかを望んでいたわけじゃない。いまのままでじゅうぶんだったのに。床に丸まり、声をあげて泣いた。

一晩じゅう泣き続けたが、仕事を休むわけにはいかなかった。ほとんど一睡もできずにいたし、目も腫れていたが、のろのろと起きあがり、身支度をした。

電車に揺られながら、こんなことで人は死なない。彼に出会う前にもわたしは生きていたんだから、これからだって生きていける、と自分に言い聞かせた。

スクールに着くなり、上司がわたしのところにやってきた。たいへんだよ、と言って、彼の死を告げた。昨日の電車内の事件に巻きこまれたのだと言う。

「事件？」

とっさに意味がわからず訊き返した。

「知らないの？　昨日君が使っている路線で事件があって、すごいニュースになってたんだよ。刃物をふりまわした乗客がいて、何人かケガをしたんだ。彼はとめようとして刺されて……。今朝、先生のご家族からの連絡があった」

ふらついて、横にあった机に手をついた。

「そう。君、先生の担当だっただろう？　けっこうよくしてもらっていたみたいだし。

うちからもお香典を出さないと、って話になってるんだけど」

死んだ？　彼が？

「大丈夫？　いや、わたしもかなりショックで。先生には長年お世話になったしね。実は最初に先生に仕事を依頼したのはわたしだったから」

上司のむかしがたりがはじまる。声が遠くなり、目の前が暗くなった。

どうやらわたしは気を失ってしまったらしい。目が覚めたときは医務室のベッドにいた。彼が死んだこともしかしたら夢かもしれないと思った。

だがスマホでニュースを見るとたしかに電車内で事件があり、死亡者として彼の名前があった。こんなことが起こるはずがない。昨日の午前中まではいっしょだったのだ。いっしょに海沿いを歩き、別れようと言われて、うちまで送ってもらって……。そこまで思い出したとき、はっとした。

電車内の事件。それはもしかしたら、わたしと別れて家に帰る途中に起こったこと？

あわててスマホで記事を見直す。事件はわたしと別れた数分後に起こっていた。つまり、あのあと乗った電車で事件に遭い、命を落としたということだ。

医師の問診を受けたがうまく答えることができず、今日は無理をせずもう帰った方がいいと言われた。上司に報告すると、そういうことなら仕方がないです、体調にはくれぐれも気をつけてください、と苦言を呈されつつ、解放された。

数日後、わたしは上司とともに彼の告別式に参列した。

彼の写真が飾られ、黒い服を着た奥さんと、子どもたちの姿も見えた。彼はわたしといるとき、決して自分のスマホでは写真を撮らなかった。わたしとのやりとりはすべて削除しているようだったし、家族はわたしのことを知らないのだろう、と思った。

お経を聞きながら、ふいに、もし彼がわたしと旅に行かなかったら、と思った。行ったとしても帰りにひかり台で降りなかったら？　そのまま電車に乗っていったなら、事件にあわずに家に帰れただろう。あるいは、玄関口でわたしが彼に追いすがっていたら？　事件が起きたのよりあとの電車になり、事件でしばらく駅に足止めされたかもしれないが、刺されることはなかっただろう。

自分のせいのように思え、胸が苦しくなった。みっともなくても追いすがる、わたしがそうできなかったためにこのようなことが起こったんじゃないか。考えているとまた倒れてしまいそうで、それはどうしても避けたかった。考えるのをやめ、木の棒のようにその場に立って、時が過ぎるのを待った。

それから何ヶ月経っても、すべてが夢のように思えた。なにもかも信じられず、受け入れられないままだった。あのとき、彼はわたしに別れを告げた。もう二度と会えないと思った。彼が生きていようが死んでいようが、それは変わらない。

勝手に別れを告げたのだから、憎んだり恨んだりしたっていいはずだ。それに、どちらにしても会えないなら生きていても死んでいても同じではないか。だが、生きていれば考え直してまた戻ってきたかもしれない。戻ってくることがなかったとしても、どこかで生きているのと死んでしまったのとでは全然ちがうことだった。

ある朝、目が覚めると目の前に人の形があった。緑色で、彼にそっくりの形をしていた。爪からのびた草が彼の形を覚えていたのだろうか。そっくりの形を作っていた。見る見るうちにあちらこちらに赤い花が咲きはじめる。

わたしは悲鳴をあげて、草を爪からむしった。

おかしくなってしまいそうだった。いや、もうおかしくなっているのかもしれない。時が経ち、彼の記憶があいまいになり、姿形をはっきり思い出せなくなったあとも、草は彼とそっくり同じ形を作り続けるのかもしれない。

できるかぎり彼のことを考えないようにした。なにかを目にしたり耳にしたりしてふっと思い出してしまうと、爪から草がのびはじめる。目が覚めていれば、すぐにむしってしまうことができた。問題は夜眠っているあいだだった。

知らないうちに草が繁茂し、彼と似た形の茂みを作る。しだいに夜眠ることが怖くなった。眠りは浅くなり、痩せていった。目に見えて顔色も悪くなっているようで、職場でもなにかあったのか、と心配されるようになった。

仕事をしていてもときどきあの海で聞いた波の音が聞こえ、あの人が死んだのはきっとわたしのせいだ、受け身で無責任な自分の心が、あの人を殺してしまったのだと、自分を責めた。

生きることにしがみついていることも辛くなり、仕事はやめた。そうやって世界から手を放せば、このまま消えてしまうことができる気がした。


いつのまにか梅雨にはいっていた。どんよりした天気が続いていたが、晴れやかな五月の日差しよりはいくぶん気が楽だった。生きているのが面倒なのに、最低限の買い物にはいかなければならない。居場所もないのに、身体はまだ生きることにしがみついている。

のろのろと立ちあがり、家を出た。曇っているが雨は降っておらず、歩いているとあの海の風景が頭によみがえった。波の音が響き、あのときの彼の言葉がよぎっていく。

――たぶん君はだれともぶつからないように生きてきたんだと思う。やさしいとも言えるし臆病だとも言える。そして受け身だ。自分から動こうとはしない。植物みたいに、日差しを受ければのび、日差しがなくなればその場でしおれていく。だれも責めはしない。

――ただ受け身のまま、与えられるものだけを待っている、そういう君の在り方に疲れてしまった。えんえんと、なにを要求されているのかもわからないまま、与え続けなければならないような気がして。その重さに耐えられなくなってしまった。

何度も何度も反芻(はんすう)したその言葉が頭のなかに響き渡り、爪から草がのびはじめる。

駅前のスーパーの前を通り過ぎ、団地のなかをさまよっていた。縦横無数にならぶベランダに、洗濯物が揺れている。

ここにならんでいるすべての部屋に人が住んでいて、あのなかで暮らしている。眠ったり、起きたり、ごはんを食べたり。規則正しくならんだ升目の中で、愛し合ったり、憎み合ったり、わたしのように孤独な人間もいるだろう。そう考えると頭がくらくらした。

中央団地を抜け、信号を渡る。一戸建ての住宅地のならぶ道を歩いていく。制服姿の高校生が連れ立ってわたしを抜いていく。楽しそうに笑い、ふざけ合っている。わたしにも高校生だったころがあるけれど、あんなふうに連れ立って歩いたことはない。最初に好きになった人の顔を思い描こうとしたが、どうしても彼の顔になってしまう。

気がつくと目の前に庭園があった。梅で有名な場所で、以前からそこにあるのは知っていたが、まだ一度もはいったことはなかった。少し休みたくなり、入場券を買ってなかにはいった。梅の季節でないから人はほとんどいない。せいぜい二、三十分歩いただけなのに疲れ切っていて、入口の近くのベンチに腰をおろした。

周囲にはだれもおらず、わたしは顔を伏せて泣いた。草を引き抜く気力すらない。もう死んだ方がいいのかもしれない。そうつぶやいて、爪から垂れさがる草を見た。どこからも答えはない。それくらい自分で決めろということなのか。さっさと決断しろということなのか。

「どうかしましたか」

人の声がして顔をあげた。だれもいないと思っていたのに、目の前に人がいた。フードのついたグレーのパーカーを羽織った年齢不詳の男だった。

「いえ、なんでもありません」

あわててそう答え、立ちあがろうとした。

「もしかしたら、悩みの種はその爪からのびているもののことですか」

男の言葉に、わたしは耳を疑った。

爪からのびている……?

「緑色で、草のような形をしていますね。こんなにはっきりと草に似た形のものはめずらしい。でも見たところ、かなり悪い状態だ」

「この草が見えるんですか」

「見えますよ」

男はなんでもないことのように言った。

「いままで、わたしのほかにこれが見えた人はいませんでした」

そう答えながら、夢なのではないか、と思った。

ずっと、この草が見えるのはわたしだけだった。だからまぼろしだと思っていた。まぼろしが見えること自体がおかしなことなのに、わたしはそれを無理やり受け入れ、だれにも言わないままこの年まで生きてきた。

だが、この男にも見えるというなら、これはまぼろしではない、ということになる。

わたしは爪からのびた草をじっと見つめた。

「これはウツログサと呼ばれるものの一種です」

男は言った。

「ウツログサ」

　わたしはその言葉をくりかえした。

「ふつうの人には見えない。でも存在している。妖怪と似たようなものだと言う人もいます。ただこれは自分では動かない。植物やキノコ、カビに似た存在です」

「植物の妖怪……？」

「まあ、そのようなものです。むかしからこの世にいて、いまもいたるところにいます。地面のシミのように見えるものから立体的なものまで、形はいろいろです。地面や木から生えているものもあれば、あなたのこれのように人につくものもある」

「そんなにたくさんあるものなんですか」

「ええ。ただ、すべてが見える人はあまりいません。わたしはかなり見える方で。いえ、最初から見えていたわけではなく、少しずつ見えるものが増えてきたということなんですが……」

　男はそこで言葉を濁した。

「ただ、たいていの人には見えません。でも、とりつかれている人は、自分にとりついているものだけは見える。あなたのようにね。あなた、いままでずいぶん長いこと、これといっしょにいたんでしょう？」

「はい。最初にこれが生えてきたのは小学生のころのことです」

「生えてくる？　いつも生えているのではないんですか」

　男は草をじっと見つめた。

「はい。あるとき急に生えてくるんです。そしてのびていく。大きく茂るときもあるし、花が咲くときもあります」

「のびる？」

　男が目を見開く。

「そうです、こんなふうに」

　彼のことを思い出すと、草がするするとのびはじめ、枝分かれした。

「これはすごい。たぶん、オモイグサの一種だと思いますが、こんなに早く成長するものを見たのははじめてです」

　男に言われ、わたしは彼のことを考えるのをやめた。オモイグサ。「思い草」ということだろうか。だとしたら、人を思うときにのびるこれにぴったりの名前だ。

「と言っても、すぐに枯れてしまうのです。むしればすぐに抜けて消えてしまうし、そのまま放っておいても一日経てば枯れてしまいます」

「でも、また生えてくる？」

「はい」

「なるほど」

男はそう言って、わたしのとなりに座った。

「これは、あなたの意志を感じ取ってのびるのでしょう。それだけあなたの心と密接に結びついているということです。さっきも言いましたが、かなり危険な状態です」

「どういう意味ですか？」

「ウツログサは人とはまったく別の考え方で生きている。いや、考えているかどうかわからないし、生きているかどうかも怪しいのですが。とにかく、人や生き物とはちがう理で存在している。だから宿主であるあなたを理解しているわけじゃないが、なぜか宿主が喜ぶことをするのです。喜ぶ、というのともちがうな。でも、欲望のようなものを察する、というか」

「欲望……」

わたしはつぶやいた。あの人にからみつくこと。ひとつになること。もう決してかなわないそれが、わたしの欲望なのか。

「さっきあなたは草がのびるところを見せてくれました。どうすれば草がのびるかを知っている。それだけあなたの望みと草が結びついているということです。そうした状態が続くと、制御がきかなくなってしまうことがあります」

「どうなるんですか?」

「これは通常、宿主にしか影響を与えません。しかし力が強くなると、周囲の人間にも力を及ぼすことがある。世の中でわけのわからないと言われている事件のなかには、これが原因のものもたくさんあるんですよ。あなたの草は、もうその一歩手前まで来ているように見えます」

「そうなんですか」

「あなたもすでにだいぶ疲れているように見えますよ」

男が前を見たままそう言った。

疲れている。たしかにその通りだった。

「好きな人がいたんです」

少し迷ってから、わたしは思い切って口を開いた。

「もう亡くなってしまったんですが。その人が死んだあと、わたしが眠っているあいだに、草がその人の形になることがあって……」

「人の形に?」

「目が覚めると緑の人がとなりに横たわっていて……。怖いんです。自分がどんどんおかしくなっていくようで。これがずっと続くなら、もう死んだほうがいいような気がして」

　そう口にすると気持ちがたかぶって、涙があふれ出した。うつむいて両手で顔を覆う。

「いえ、ほんとうは草のせいじゃないのかもしれない、とも思います。その人が死んでしまったことに耐えられないだけなのかもしれない。と言っても、別れたあとでしたから、その人が生きていたところでもう二度と会えないとわかってはいたのですが」

　声がふるえ、それ以上なにも言えなくなった。

「その人が亡くなったことはどうしようもないですが、草については祓うこともできますよ」

　ややあって、男が言った。

「祓う？」

「除草剤のようなものがあるんです。わたしはこいつらを祓うことを仕事にしていまして」

　仕事……？　思わず男を見た。

「もちろん、無理にとは言いません。祓うには少しお金もかかりますし。ただ、祓いさえすれば、もう草がのびてくることはなくなります」

「もう二度と？」

そう訊き返すと、男はうなずいた。

「祓うかどうかは、あなた自身が決めることです。ただ、さっきも言ったように、あなたの場合は少々危険な状態にある。このままでいたら、あなたは精神のバランスを崩してしまうでしょう。草に取りこまれてしまうことも考えられます。わたしとしては祓うことをお勧めします」

「まわりの人に危害が及ぶこともあるんですよね」

「そうですね。そうなったらもう問答無用で祓うことになるかもしれません。ただ、そこまでいくとあなたが助かる保証はできません。ほかの人も巻きこまれるかもしれない。いまのうちならまだ、きれいに祓える」

男は前を向いたまま言った。

なぜかわたしは迷っていた。わたしはもう消えたいのだ。だから草に取りこまれたって別にかまわない。わたしが消したいのは草ではなく、自分なのだった。

「もちろんいますぐ決めろとは言いません。何日か待ちます。祓う決心がついたら、ここに電話してください」

男はそう言って名刺を差し出した。「笹目」という名前らしきものと、携帯電話の番号、郵便局の私書箱の番号だけの名刺だった。

男と別れたあと、わたしは駅のほうに戻り、買い物のためにスーパーに寄った。スーパーは苦手だった。行くとつい彼が好きだったものを思い出したりして、草がのびてしまうから。だから店にはいる前に買うものを決め、それだけ買ったらすぐに店を出るようにしていた。

だが、今日はゆっくりと店内をめぐった。草が見える男があらわれたことが、わたしのなかのなにかを変えたようだった。彼と夕食の買い出しに来たことを思い出すと、草が芽吹き、広がった。緑の葉がとてもうつくしく、それを見ているだけでしあわせな気持ちになった。

あのころは楽しかった。彼と外国の街に行くことはできなかったけれど、買い物したり料理を作ったりするだけで楽しかった。

久しぶりに生春巻きの材料を買い、家に戻って自分で作った。見た目は彼ほどうまく作れなかったが、冷蔵庫に残っていたアジアの辛い調味料をつけると、むかしと同じ味がした。しあわせだったなあ、とつぶやいた。

草はするするとのびていき、彼の形になった。人の形をした緑色のものと向き合って横たわる。身体の形は彼と似ているが、顔は鼻のところが少し出っ張っているだけで、なにもなかった。わたしが最初に惹かれた切長の目もない。それでもどこかなつかしかった。

「ごめんなさい、わたしは」

草に向かって話しかける。

「あなたといた日々は輝いていて、わたしにとってなによりも大切なものだった」

目から出た涙が畳に落ちていくのがわかった。これは彼じゃない、とわかっていた。ウツログサ。オモイグサ。人の目には見えない、妖怪のようなもの。人や生き物とはちがう理でそこにあるもの。男の言葉を思い出す。

「よくないことだとわかっていたから口にできなかったけど、ずっといっしょにいたかった」

それでも言葉は止まらなかった。

草が揺れて、うなずいたように見えた。抱き合いたいと思ったが、草は自分で動くことはできず、手で触れても人の肉体のようなあたたかさはない。かさかさした草の束にすぎなかった。

草は人の形を保ったままで、どんどんからまりあい、見るうちにつぼみをたくさんつけた。そうして、いっせいに白い花を咲かせた。

きれいだな、と思った。ただぼんやりとそれをながめた。これがほかの人の目には映らない、人が馴染んではいけないものだったとしても、やっぱりそれはとてもきれいで、いま自分がそれを目にしていることをしあわせに感じた。

――偉くなるということは、なにかを判断しなければならないということ。なにかを選んでなにかを捨てなければならなくなる。そうなればだれかを傷つけるかもしれない。それをできるだけ避けたいんですよ。簡単に言えば、無責任な人間なんです。

なぜか、つきあいだす前の彼の言葉が耳の奥によみがえった。

無責任な人間。

責任ってなんなんだろう。だれも自分の在り方に責任なんて持てない。わたしたちはみな、ただあるようにあるだけ。そうやって生きていくことくらいしかできない。

あのころ、いつか彼といっしょにどこか遠い街を歩いてみたいと思っていた。アジアの雑踏を、活気に満ちた街を、強い日差しを浴びながら。人混みは嫌いだったけれど、彼となら楽しいんじゃないか、と思った。

白い花から芳しい熱帯の花の香りが漂い、それに酔うようにわたしは眠った。

目が覚めると、草は枯れていた。白い花も緑の葉もすべて茶色く乾涸(ひから)びている。

「さよなら」

そう言ってなでると、さらさらと粉のようになり、消えていった。

わたしは庭園で男からもらった名刺を取り出し、電話をかけた。電話はすぐにつながって、草を祓ってください、と言うと、男は、では今日の夕方またあの庭園に来てください、と答えた。

窓を開け、部屋を掃除して、約束の時間になるのを待つ。昨日の残りの食材で簡単な昼食を作った。窓から風がはいってくる。

夕方になり、庭園に向かった。草とのつきあいは彼とのつきあいより長い。小学生のころからなのだ。草がわたしの役に立ったことなど一度もないかもしれないが、ずっとよりどころだった気がした。

庭園には今日も人はいない。なかにはいると男がひとりで待っていた。

「祓うって、どんなことをするんですか」

わたしが訊くと、男はカバンから小さな瓶を出した。

「これが除草剤です。いくつか種類があって、あなたの草に効きそうなものを持ってきました」

瓶のなかには深緑色の液体が揺れていた。

「これを飲んでいただきます。これでダメだったら、そのときまた考えます」

少しためらった。

毒なのではないか。男の目をじっと見る。

でも、死ぬなら死ぬでもいいんじゃないか。ずっと消えたいと思っていた。とはいえ、死ぬのは怖かった。その恐怖には勝てなかった。いまだって怖い。男を信じていいのかわからない。でも、これを飲んで死んだとしても、思い残すことなどないのだから。

わたしは瓶を受け取った。

「痛みや苦しみはありますか」

「人によります。でも大丈夫、死ぬことはありませんから」

「うまくいったかどうかはわかるんですか」

「わかります。薬が効けば、身体から草が抜けていくのが見えます。派手な見た目になることもありますが、ほかの人には見えませんから、だれかが来ても大丈夫です。でも落ち着きませんから、あまり人目につかないところに移動しましょうか」

男は庭園の奥に進んだ。小山をのぼり、上にある休み所に出る。目の前に富士山がよく見えた。人気はない。男は木のベンチに腰かけ、わたしもとなりに座った。

瓶の蓋を開ける。心臓がどくんどくんと脈打って、瓶を持つ手がふるえているのがわかる。

決めなきゃ。自分の意思で決めなくちゃ。

口元に瓶を近づけ、ぐいっと一息に飲んだ。知らない匂いがして、少し苦味があった。飲みこんだとたん、ざわざわと寒気がして、やがて一気に熱くなった。力が抜け、身体がぐらりとかたむく。熱い、熱い。息が苦しくて声が出ない。霞(かす)んだ視界の向こうに、灰色のものが見えた。

海だ。わたしの手を取って、人の形をした草が歩いていく。地面に波が寄せている。草に花が咲き、咲いたそばから散っていった。

行ってしまう――

これは、草を殺すこと。草は消えて、もう帰ってこない。ふいにそのことが胸に迫って、わたしは手をのばした。草は人の形からだんだんほぐれ、形を崩して海のなかに広がっていく。

――ごめん、ごめんねえ。

わたしは波のなかに膝をついて草を見た。

――ごめん、ごめん、ごめん、ずっといっしょにいてくれたのに……。

言葉に詰まった。草を裏切ったようで、胸が苦しくなる。

すくいあげた草についていたつぼみが開き、真っ赤な花を咲かせた。

なにかを選んでなにかを捨てなければならなくなる。彼の言葉が頭をよぎり、薬を飲んだことを後悔した。取り返しのつかないことをしてしまった。わたしの本体はわたしじゃなくてこの草で、草がいたから生きてこられたんじゃないか。

——行かないで。

そう叫ぶと、手のひらのうえの赤い花がさらさらと崩れていった。

気がつくと、もとのベンチにいた。富士山が夕日に照らされている。

となりには男が座っている。

「うまくいったんでしょうか」

「ええ。いきましたよ。全部抜けていくのが見えました」

「そうですか」

手のひらを見る。赤い花はもうない。これからはもう爪から草がのびてくることはないのか。

「辛かったでしょう?」

男に言われ、顔をあげた。

「そうですね、草を裏切ったような気がして。なぜこんなことをしてしまったんだろう、と」

そのときなぜかぼろぼろと涙が出た。

「わかります。しばらく心が空っぽになったようになる人も多いですから」

「消えたい、と思っていたんです、ずっと。草ではなくて、自分が消えればよかった。草に取りこまれた方がしあわせだったんじゃないか、と」

手で顔をおさえる。涙があとからあとからこぼれた。

「それもわかります。わたしは取りこまれてしまった人も知っています。でもそのあとその人がどうなったのかわからない。取りこまれてしまえば、人でなくなり、言葉を失ってしまいますから」

男は遠くを見た。

「あまり気に病まない方がいいですよ。あなたはただ自分が生きる方を選んだ。生き物として当然のことです。あれには人のような心はありません。生き物でもなく、存在ですらない。ただの……現象です」

心はない。ほんとうだろうか。

「わかりました。でもなんとなく、草がなくなったあと、生きていく理由なんかないんじゃないか、という気がしてしまって」

「人にはもともと生きていく理由なんてないですよ。みんなただ生きているだけ」

マスクで口元は見えないが、目元が少し笑ったように見えた。

「気をつけてくださいね。できればひとりにならず、だれかといっしょにいた方がいいでしょう。ご家族はいるんですよね？」

「はい、実家にですが。そう遠くないので、一度帰ることにします」

人と暮らすことはわずらわしいことだ。だが、男の言葉にしたがうことにした。


男に謝礼を支払い、家に戻った。荷物をまとめ、実家に電話した。しばらくそちらにいたい、と言うと、母は少し驚いたようだったが、すぐに、まあ、いいよ、と言った。

キッチンを見ながら、彼のことを思い出す。もう爪から草は出てこなかった。

わたしは草より自分を選んだ。いいことだったかどうかはわからない。いいも悪いもない。でも、自分で選んだ。草を捨てて自分が生きることを。

草も彼もいない世界で生きていくことを。

荷物を持ち、家を出た。駅に向かってゆるゆる歩く。

空に晴れ間が見える。そろそろ梅雨も明け、夏が来るのだろう、と思った。

ツヅリグサ

わたしには、むかしから友だちというものがいなかった。

そもそもあまり人に関心がなく、幼いころからいつもひとりだった。人というものがまわりにいることは気づいていたが、なんの意味があるのかわからなかった。同じ年ごろの男子たちが好むような遊びには一切興味がなく、物心ついたときから本に夢中だった。本というより、そこに書かれた文字に、というべきだろう。

父は大学の教授で、日がな外国語の本をめくっていた。わたしは父の分厚い外国語の本を取り出してはながめていた。内容はわからないが、文字を形だけで覚え、丸ごと数ページ分、そらで別の紙に書くことができた。部屋のなかにそうした紙が山のように重なり、父に読み方を教わるとすぐに読めるようになった。

友だちというものが大事らしい、と気づいたのは、小学三年生のときだった。学校の個人面談に行った母が、担任の教師から、勉強はできていますが、男の子なのに外で遊ばないようです、そのせいか、友だちがいないですね、と言われたらしい。母に、なぜ外で遊ばないのか、友だちがほしくないのか、と訊かれ、わたしは、よくわからない、と答えた。本を読みたいから外に行く時間はなかったし、友だちがほしいと思ったこともなかった。

母はそれではいけないと思ったようで、父のいる場所でもその話をした。

——人はみなちがう。なにを大事にするかは人それぞれだ。だれかが決めて良いものではない。

父はそう言った。母はよくわからないという顔をしたが、それ以来そのことでとやかく言われることはなくなった。

父が死んだのは、わたしが大学院の博士課程にいるときだった。父はその前の夏に病に倒れた。原因不明の病気で、治療法もない、と言われた。

身体がどんどん衰弱していくというのに、父は書斎の片づけをはじめた。父の専門は失われた言語だった。もう使う人のいなくなった古い言語に関する本を山のように持っていた。ほとんどが洋書で、かなりめずらしいものも含まれていた。自分が死んだあとに散逸することを恐れているのだろう。そう思い、わたしも整理を手伝った。

父は蔵書のリストを作り、わたしにそれを継ぐように言った。父の蔵書には子どものころから馴染んでいた。そこに書かれた未知の文字に触れることが喜びだった。そのコレクションの素晴らしさをいちばん理解しているのは自分だと思っていたし、この本を継げるならほかのものはなにもいらないと思った。

父は持てる体力のすべてを本の整理に充て、整理が終わると同時に寝たきりになった。

二月の半ば、わたしは父に呼ばれて寝室に行った。もう食事などは当然できず、栄養と痛み止めを点滴で入れているだけの状態で、死ぬとはこうして身体からなにかが抜けていくことなのか、とぼんやり思った。

しかし、父はこれまで見たことがないくらい上機嫌で、自分の研究に関して最近思いついたことなどを脈絡なく饒舌に語った。そのほとんどは学問的にはめちゃくちゃで、意味をなさないものだった。病気で考える力も弱っているのだろう、それでも父は得得とそれを語り、語ったことで満足しているように見えた。

ひととおりしゃべったあと、父はわたしに、書斎から取ってきてほしい本がある、と言った。どんな本か訊ねると、父は本の特徴と、どのあたりに置いてあるかを説明した。二階の書斎にある机の右横の本棚の、いちばん上の段のおそらく奥から二冊目か三冊目、赤茶色の革表紙で、大きさと厚みは百科事典くらい、と正確に言った。

タイトルは、と訊くと、父は、タイトルはない、と答えた。じゃあ、著者名は、と訊いた。赤茶色の革の表紙の本が複数あった場合、見分けるためだった。父は、著者名もない、文字はなにもない、でも、その段に赤茶色の表紙の本はそれしかない、と言った。文字がなにもないとはどういうことか。特殊な装丁ということなのだろうか。大事な本で、だれかがわざわざ特別に手で製本し直したのかもしれない。戸惑いながらも離れにある父の書斎に向かった。階段をのぼり、机の横の書棚の前に行き、革表紙の本を探した。父が言った通りの場所に赤茶色の背の本が立っているのを見つけ、引っ張り出した。

立派な造りの手製本だったが、たしかに表紙にひとつも文字がなかった。気になってページを開き、驚いた。なかのページにもひとつも文字がなかったのだ。

最初から最後までページをめくったが、どのページにも文字がない。これは本ではない。本の形をしているが、文字が印刷されていないのだ。表紙も造本も立派だが、これは本とは呼べない。ノートである。芳名帳のようなものだろうか。ともかく、赤茶色の革表紙の本はそれしかないので、わたしはその本を持って父のいる部屋に戻った。

本を見せながらこれでいいのかと訊ねると、父は目を凝らして本を見て、そうだ、と答えた。本を渡すと、弱った身体全体で本を抱きかかえた。

「文字がなにも印刷されていないみたいですが、これはなんですか」

わたしは父に訊いた。

「文字はある」

父は答えた。ある？　さっき本を開いたときは、どのページも白紙だった。

「文字はある。いまは見えないだけだ」

父は重ねてそう言った。

「いまは見えない？　どういう意味ですか」

「そのままだ。いまは見えない。それだけだ」

それだけ言って、じっと黙った。埒があかない。もしかしたら、病のせいで認識もおかしくなっているのかもしれない、と思った。

「ひとつ、お願いがある」

戸惑っていると、父が口を開いた。

「なんでしょう」

「本はこのままここに置いていってくれ」

「わかりました」

「それから、わたしが死んだらこの本を処分してほしい」

父はわたしをじっと見つめた。

「処分、というと？」

「古書店に出してはいけない」

そう言われて面食らった。なにも書かれていない本なのだ。いくら造本が立派でも、古書店に売れるわけがない。

「人に譲るのも、ゴミに出すのもダメだ。お前の手で燃やしてほしい」

「燃やす？」

「そうだ。火をつけ、燃やしてほしい。あと……」

父はいったんそこで言葉を止めた。

「そのときに、本を絶対に開かないでほしい。お前だけじゃない。だれかが本を開いてしまうようなこともないようにしてほしい。わたしが死んだらすぐにだれもいないところに持っていくんだ。だれかが誤って本を開いてしまわないように。そして、できるだけすぐに本を焼いてくれ」

「なぜですか」

「理由はどうでもいい。とにかく開いてはいけない。一行たりとも読んではいけない」

読むと言っても、一文字も記されていない本である。だが、父がそこまで言うのだから、うなずくしかない。

「わかりました」

「じゃあ、もういい。疲れた」
父は目を閉じた。寝息が聞こえ、胸が少し上下していた。

次の朝様子を見にいくと、父は死んでいた。

母を呼ぼうと思ったが、父の枕元に本があるのを見つけ、父の言っていたことを思い出した。父は本を開くな、と言った。すぐ人のいないところに持っていって、焼け、と。それでとりあえず本を部屋から持ち出し、わたしの部屋の机に置いた。それから母を呼んだ。

母は覚悟していたからだろう、驚きはしなかった。落ち着いて電話をかけ、主治医を呼んだ。やってきた主治医は父の死を確認して帰っていった。その後は親戚への連絡や葬儀屋や火葬場の手配などで忙しくなった。棺をどうするか、花をどうするか、骨壺(こつつぼ)をどうするか。棺にも骨壺にも大きさや格があり、それによって値段がちがう。

棺なんてどうせ焼いてしまうのだ。不必要に立派にしなくてもいいのではないかと思ったが、葬儀の際には人目に触れる。お父様のように地位のある方には、このくらいが適当だと思います、などと勧められ、いちいちどうするか判断しなければならなかった。当然、本を焼く時間などなく、気になってはいたがそのままにしておいた。

　本のことを思い出したのは、通夜が終わったあとだった。親戚の相手は母がしたが、大学や学会の関係者については、わたしが対応するしかない。次々にやってくる弔問客（ちょうもんきゃく）にあいさつし、酒をふるまう。疲れ切って自室に戻ったとき、机の上に置かれたあの赤茶色の表紙の本が目にはいった。

　父はこれを燃やせと言っていたな。そう思い出して机の前に立ち、本を手に取る。裏返したとき、思わず声をあげた。

　文字だ。

　本を父に手渡したとき、表紙にはなんの文字もなかった。表紙も裏表紙も確認した。なのに、いまは文字がある。それとも、あのとき文字がないと思ったのは、錯覚かなにかだったのか。光の加減とかで、ほんとうは文字が書いてあるのに気がつかなかったとか。だが、文字はしっかりと刻まれていて、これを見落とすなんて考えられない。

——文字はある。いまは見えないだけだ。

　父の声を思い出した。そんな馬鹿なことが起こるわけがないと思ったが、現実に目の前に文字がある。どういう仕組みかはわからないが、父の言った通り、あのときはなかった文字がいまになって浮かびあがってきたということだ。

　文字はいつからあったんだろう。思い出そうとしたが、定かではない。父の枕元にこの本を見つけたときは文字はなかったように思える。だが文字があるのは表紙だけだ。裏表紙に文字はない。表紙が下になって置かれていたなら、文字は見えない。

父の言葉にしたがって、父の死を母に知らせるより先に、本をあわててここに持ってきた。裏表紙が上になって置かれていたから、そのときもそうやって置いたんだろう。ここに来るまでのあいだ、本をじっくり見ている余裕はなかったし、そのあとも本を手に取ってはいない。だから、父の枕元にあったときから、この文字は浮かびあがっていたのかもしれない。

表紙をじっと見る。文字というより、正確に言えば、文字のようなもの、である。それはこれまでまったく見たことのない文字だった。幼少時から文字に異様な関心を持ち、小学校にあがる前に父の蔵書にある多くの文字を覚えた。大人になるまでに世界の多くの言語の文字を読み書きできるようになっていた。

そんなわたしが一度も目にしたことのない文字だったのだ。これはどこの、なんという文字なのか。じっと目を凝らし、表紙の文字を見つめた。

——お前だけじゃない。だれかが本を開いてしまうようなこともないようにしてほしい。わたしが死んだらすぐにだれもいないところに持っていくんだ。だれかが誤って本を開いてしまわないように。そして、できるだけすぐに本を焼いてくれ。

父の言葉が頭によみがえってくる。本を開いてはいけない。一行たりとも読んではいけない。父はそう言った。読んではいけない、ということは、あのときはすべて白紙だったが、いま開いたら、表紙と同じように、なかにも文字が記されているということなのだろうか。開いてはいけない、とあれほど言われたのに、わたしは本の中身を見たくてたまらなくなった。

おさえられず、わたしは本を開いた。そこには文字が記されていた。見たことのない文字だった。動悸が激しくなる。自分の知らない文字があるということに、わたしは興奮していた。こんな興奮を味わうのは久しぶりだった。

かつては世の中にある文字はすべて未知のもので、それをひとつひとつ覚え、読めるようになるのが楽しくてならなかった。わたしは父の本で世界じゅうの文字を覚えた。いまは滅んでしまった文字もだ。この文字はそのどれともちがった。ページをめくり、どこかに見覚えのある文字はないか、と指でたどった。

そのとき、視界が揺らいだ。いや、揺らいだ、と思った。だが揺らいだのは視界ではなく、文字だった。文字がゆらゆらと動き出し、わたしの指に集まってきた。うわっと声をあげ、本から指を離そうとしたが遅かった。文字が指のなかに吸いこまれていく。ほかのページからも恐ろしいほどの勢いで文字が流れこんでくる。痛みはない。なんの感覚もない。わたしは本を取り落とした。本から指を離しても、文字たちはつながりあった糸のようになって、するするとわたしの指にはいってきた。

少しのあいだ、わたしは気を失っていたようだった。気がついたとき、わたしの手には文字が浮かびあがっていた。思わず小さく悲鳴をあげた。袖をめくると、文字は腕の上の方まで続いている。服をめくると、足にも腹にも文字があった。あの本に記されていた、読めない文字である。身体の見える範囲全体に広がっていた。

どうしたことだ、これは夢か、と思った。身体じゅうに広がっているということは、顔にもあるのか。あわてて鏡を見たが、顔には文字はない。ほっとしたが、鏡のなかでは腕にも文字はなかった。つまり、鏡には映らないということだ。たぶん文字は顔にもあるのだろう。首や背中、自分では見えない場所にも広がっているにちがいない。

明日は告別式があり、たくさんの弔問客が来る。身体は服で隠せるが、顔は隠せない。夢であってほしい。明日目覚めたらすべてが消えていることを願った。

朝、目が覚めたが、手のうえの文字は消えていなかった。足も腹も、見える場所にはすべてあの文字が浮かんでいる。しかし、告別式の支度をしなければならない。部屋を出て居間に行くと、母がいた。母はわたしを見て、おはよう、と言った。ふだんと変わらない様子だった。

ということは、顔には文字はないということなのかもしれない。そう思いながら、母の前に手を出した。文字の浮かんだ手を。だが、母はぽかんとして、ただ、どうしたの、と言った。母には見えないのだ、と気づいた。この文字は鏡にも映らないし、わたし以外の人には見えない。そうであれば、人と会うことにも問題はない。わたしはほっとして朝食を取り、身支度をした。

葬儀関係のあれこれが片づき、ふだん通りの暮らしがはじまった。だが文字はその後も消えなかった。この文字はなんなのか。身体全体を直接見ることはできないが、これではまるで耳なし芳一だ。

平家物語の弾き語りをする盲目の琵琶法師芳一が平家一門の怨霊たちに魅入られ、日々墓地に行って琵琶を奏で、壇ノ浦のくだりを語る。それを知った住職が、怨霊には経が書かれている部分は見えないことを利用し、芳一の全身に写経する。だが耳にだけ書くのを忘れ、そのため怨霊は芳一の耳だけをもぎ取り、持ち帰った。それで芳一は以後耳なし芳一として暮らした、というあの有名な物語である。

だが耳なし芳一とちがって、この文字は読めない。ほんとうに文字があるのか、単なる幻覚かを確かめることもできないが、それはどちらでも同じだと思った。ほかの人には見えないのだから実害はない。しだいに文字があることに慣れ、むしろ、その文字を読みたいと願うようになった。

葬儀が終わってからの数ヶ月で、わたしは、父が失われた文字を専門にしていたのはこの文字を探していたのかもしれない、と考えるようになった。あの赤茶色の本がなんだったのか、父の身体にいつ文字があらわれたのかはわからないが、たぶん父の身にも同じことが起こったのだ。あの本から文字が出てきて、父の身体にとりついた。

生きていたころ、父の身体にもいまのわたしと同じようにこの文字が浮かびあがっていたにちがいない。それはわたしにも母にも、だれにも見えなかった。だが父には見えていた。父はたぶんこの文字を読もうとして、あれだけの本を集めたのだ。

翌年、わたしは博士課程を修了し、教授の紹介で都内の大学に就職した。仕事もあるからそれまでの研究も続けてはいたが、関心はしだいに父の書斎にある未知の文字、失われてしまった文字の方に向かうようになった。しかしいくら探しても、わたしの身体にあらわれた文字は見つからなかった。

奇妙なことに、わたしの身体の文字は日々少しずつ変化しているようだった。もともと文字の形を覚えるのが得意だったから、しばらくしてそのことに気づいた。記憶だけでなく、変化していく様子を記録に留めなければならないと思った。写真には写らないから、見たものを手書きで書き留めるしかない。

文字の形の変化はゆっくりしたものだった。一律に変化していくのではなく、比較的早く形を変えていく部分と、まったく変わらない部分があった。早い場所でも、変化は微妙なもので、図形的にはっきり変わったと言えるまでには数ヶ月を要した。


やがて指導教授の紹介で結婚することになった。人に関心はなかったが、結婚はしなければならないと思っていた。母からそういうものだと言い聞かされていたからだろう。結婚するなら、自分の仕事の性質を理解している人の方が都合が良かった。

研究の中身を理解する必要はない。ただ、研究に没頭すれば部屋から出なくなること、自分の研究分野以外のことにあまり関心を持てないこと。そうしたことを理解できる人でなければならなかった。なにより、父の書斎から離れたくなかったから、実家に住んでくれる人でなければならない。つまり、母との同居を許容できる人ということだ。

わたしの家は、ひかり台というニュータウンにある。高度経済成長期、横浜に近いこの地域にはいくつものニュータウンができた。ひかり台もそのひとつだ。もともと丘陵地帯で、開発前はほとんどが山林。街道沿いに集落があったが農家ばかりだったのだそうだ。そうした土地を造成し、駅周辺に集合住宅を何棟も建て、そのまわりに一戸建て用の宅地を分譲した。集合住宅には分譲と賃貸があり、若い世帯が入居した。駅前の中央団地には商店街があり、周囲には小学校、中学校、病院などもできて、人が暮らすのに必要なものはなんでもそろっていた。

父の実家は横浜の山手にある。次男だった父は、実家から近いという理由で結婚したときここに家をかまえた。高級住宅街で区画も広く、蔵書の多い父にとってはもってこいだった。祖父の知人の建築家に依頼した注文住宅で、母家とそれにつながる広い二階建ての離れを作り、離れの一階を書庫、二階を書斎とした。書庫の壁は四方とも作りつけの天井まである書棚で、窓もない。二階の書斎にも本棚があり、よく使う本、大事な本はそこにおさめられていた。

父は自分の仕事関係の本や資料をすべて離れに置いた。おかげで母家には本はほとんどなく、母の趣味で選ばれた調度品や植物で彩られていた。母はヨーロッパの食器や置物を好み、少しずつ買い集めては自分の理想の世界を作っていった。

妻も学者の家で育ち、彼女の父もまた家庭にはいっさい関心を持たない人だった。だからわたしが研究に没頭しがちなことも当然と受けとめ、とくに不満もないようだった。彼女自身も修士課程まで出ていたが、学問には一切関心がなく、わたしの研究の内容にも興味を示さなかった。自分の家では父親の本が共有スペースにも張り出してきていたから、本が離れにすべて収納されていることに感心し、好感を持ったようだった。

わたしたちは結婚し、かつて父の寝室だった場所がわたしの寝室、わたしの寝室だった場所が彼女の寝室になった。妻は雑誌の編集という仕事をしていた。服や化粧品、宝飾品などが中心の雑誌だが、文化のページもあるそうで、大学院で美術史を学んだ彼女は、よく海外出張に出かけていた。

　都市の美術館、博物館、観光地のホテルなどを取材する仕事で、そのたびに母が喜びそうな土産物を買ってきた。母は文化的な仕事をしている妻を気に入り、仕事に専念できるように家事全般を引き受けていた。妻の方も、母が自分の仕事に理解を示していることに満足しているようだった。

　数年後、子どもが生まれた。妻は出産前に休職し、里帰りしていた。わたしは論文と大学の雑務に追われ、子どもに会いに行ったのは生まれて一週間以上経ってからだった。女の子だった。娘は白い服に包まれて眠っていて、妻はその子を抱いていた。

　そういうこと全体がなんだか遠いことのように思え、これまで人に対してぼんやり抱いていた距離感のようなものがここにもやはり存在しているのだ、と感じた。もしかしたら、自分の子どもに対しては愛情と呼ばれるようなものを感じるかもしれないと思っていたが、そんなことはなかった。

自分が変わらなかったことにほっとすると同時に、なぜか苛立ちを感じた。自分はどこか人とはちがうのだろう。だが、それが良くないことかもしれない、と思ったことは一度もなかった。人はみなちがう。同じ人間などいない。父もよくそう言っていた。自分が人とちがったとしても、それがなんだというのか。似たようなふるまいをする人たちも内心はみなちがっていて、ただ人目を気にして同じように行動しているにすぎない。そう思いもしたが、苛立ちは拭えなかった。

妻はその後も一ヶ月は実家にいるらしく、ひとりで家に帰る途中、なぜこんなにも苛立つのか、ずっと考えていた。疎外感かもしれない。子どもを抱く妻は、よく見かける愛情あふれる母親そのもので、自分が知っている仕事に明け暮れるはなやかな妻とはまったく別のものに見えた。

ではこの苛立ちは、妻が変わってしまったことに対する違和感なのか。それもちがう気がする。妻の顔を見たとき、わたしは受け入れられない、と思った。この人とこれからなにを話せばいいのかわからない。わたしも父になったのだから、なにかの形で家族らしいふるまいを求められるのだろうか。そういうときなにをすればいいのか、さっぱりわからなかった。

妻はそれまで自分の仕事さえできれば満足で、わたしになにかを要求することはまったくなかった。会話がなくても文句も言わない。ところが娘を見るときの妻は、妙になまなましく、自分が人間であることを全身で表現しているように見えた。お前にはできないことがわたしにはできる、わたしは人間らしい人間だから、と言われているような気がした。

わたしは、これまでの人生で友だちができたことがない。母も妻も、ハサミや鉛筆と同じようにしか見ることができない。妻から、お前は人間じゃない、と言い渡されたような気がした。だが同時に、人間らしさとはなんだ、とも思った。妻がいかにも母親らしくふるまったからと言って、それがなんだというのだ。人間らしくない、などという言葉には意味がない。そう思いもしたが、苛立ちは消えないままだった。

一ヶ月後、妻は家に戻ってきた。母は喜び、娘の世話を嬉々として手伝った。おかげで妻はすぐに職場に復帰することができた。娘は少しずつ動くようになっていったが、とても人間だとは思えなかった。目を開き、こちらを見ているようにも見えるが、その実、世界の像を把握しているわけではない。妻も母も娘の表情の変化にいちいち反応しているが、そうしたこと自体が凡庸な映像のように思えた。こんな偽物のなかで生きることなどできないと感じ、以前よりさらに書斎に閉じこもることが増えた。

書物も子孫を残す。ひとつの書物に書かれた言葉や概念が別の書物に引き継がれ、増えていく。しかし、子孫に対する愛情などない。感覚も感情もない。だが、本来生き物だってそういうものなのではないか。分裂して増える微生物もいる。菌類は胞子を飛ばす。植物は種子を作る。根で増える。ただ増えて、生きていく。

動物ももとはそういうものだった。海月にも海綿にも愛情なんてない。タコやイカくらい高等な生き物だって魚だって。海のなかは愛情なんて持ち合わせていない生き物でいっぱいだ。陸の上でも、虫には愛情がない。カエルにもないだろう。爬虫類になると怪しくなる。鳥や哺乳類は愛情のようなものを持っているように見える。

だがそれはやっぱり生き残るために見せられている幻影のようなものではないか。生きるというのはなにか禍々しいもので、知能が発達したわたしたちはそのことに耐えられない。だから愛情というまぼろしを見る。それにみんな騙されている。

自分の身体に浮かびあがった文字、もしかしたらこれもまた生き物のようなものなのかもしれない。使われることのなくなった文字が、人の身体を渡り歩いていくことで生きながらえている。文字自身もいつか読み解かれることを望んでいるのかもしれない、と感じた。

子どもが三歳になったとき、妻は家を出ていった。その前から、妻は頻繁に子どもを連れて実家に帰っていた。妻の実家からは、このままでは妻は心を病んでしまう、と言われた。妻は、まったく話が通じない相手と話し続けることで心がすり減っていく、と訴えていたらしい。

妻の両親はわたしに、もう少し妻と娘を人間として見てほしかった、と言った。結婚を世話した指導教授からも苦い顔をされた。妻の父は同じ大学の教授だったので、わたしは立場が悪くなり、別の大学に移ることになった。格下の私立の大学だが、会議の数も減り、研究に使える時間が増えたのでむしろ好都合だった。

母は妻と娘がいなくなったことを悲しみ、やつれ、家も荒れていった。何度も娘の名前を口にして、会いたい、うちに連れてきてくれ、と言った。だが、妻はわたしからの連絡を拒んでいたので、その願いがかなうことはなかった。

娘が成人するほどの時が流れたが、結局一度も娘に会うことなく、母は亡くなった。わたしはひとりきりになり、父の蔵書とだけ向き合うようになった。失われた文字についての書物がここほどそろっている場所は少なくとも国内にはないだろう。だが、たぶん父は死ぬまでこの文字を読めなかったのだ。だから、ここにある本では不十分なのだ、と気づいた。最新の論文を読み漁(あさ)り、インターネットで他国の図書館のデジタルアーカイブも探った。だがやはりこの文字は見つからなかった。

それに、文字はゆっくりだが形を変えていた。ひとりになってからその変化の速度があがり、手書きの記録をたどると最初の状態からはかなり形が変わっていた。その変化は異様で、それまで想像もしていなかったものだった。

最初はつながりあっているように見えていた文字がほぐれ、小さな単位に分かれていく。そして信じられないことに、日本語の文字に近づいているように思えた。何箇所かひらがなのような形をした部分があらわれ、偶然かと思っていたが、しだいに数を増していった。

はじめに「の」「う」「た」といった文字がはっきり読めるようになり、ほかにもひらがなのなにかの文字に似ているものが増えた。まだごちゃついた大きな塊の部分もあるし、なんの文字かはっきりしないところが大半だったが、ところどころに「ない」とか「しかし」など、単語として読める部分もあらわれた。

これは見知らぬ言語などではなく、日本語なのかもしれない。そうなってみると、わたしは急に怖くなった。なぜかはわからない。でもそれは、娘が生まれたあとの妻に感じた違和感と似ている気がした。文字もわたしを拒もうとしている。そんな気がして、夜も眠れなくなった。

あれほど読みたかった文字なのに、判別できるところが増えるたびに、絶望のような思いを抱いた。あのとき父に言われた通り、本を焼き払ってしまえばよかった。まさに古典的な「見るな」の禁忌で、それを侵したためにいま罰を受けている。

この文字はなにを記しているんだ。それを読んだらどうなるんだ。死んだとき、父はあの赤茶色の本を持ってくるように言った。父が死んだことで、身体に浮かんでいた文字が本のなかに戻ったのかもしれない。もしかしたら、死ななくても本に戻す方法があるのかもしれない。そう思いついて、棚からあの赤茶色の本を取り出した。本を開き、指をあてた。だがなにも起こらない。そういう簡単なことではないようだった。

手の甲の文字の一部がぐにゃりと動き、形を変えた。そうして、父の名前の形になった。わたしは悲鳴をあげ、その部分をこすった。もちろん取れない。まわりの文字はまだ形にならない。父の名前だけがくっきり浮かびあがった。わたしは横たわり、目を閉じた。

眠ることなどできないと思っていたが、いつのまにか眠ってしまったようだった。目が覚めて、父の夢を見ていたことを思い出した。夢のなかで、父は、読めたのか、と言って笑った。心底ほっとしたような顔だった。

なぜか心が少し軽くなっていて、わたしは久しぶりに外に出ることにした。人と会話する気にはなれないが、ひとりで散歩するのは悪くない気がした。思えば若いころは、研究に行き詰まるとよくひとりで散歩した。雲や植物など文字以外のものを見ると、しばし文字というものから解き放たれるような気がした。

ひかり台はもともと丘陵地帯だから、造成したとはいえ、起伏に富んでいる。建物の下にはたいてい盛り土があり、道は坂ばかり。だが、計算されているのだろう。息があがるほどの急坂はない。ふだんはあまりはいらない団地エリアにはいり、目的もなく歩いた。

地形のせいなのか、デザイン上の工夫なのか、団地群は碁盤の目のように整然とならんでいるわけではなく、ブロックごとに向きが異なっている。斜面にあるので、立っている場所の高さもまちまちだ。そのせいでちょっとした迷宮感があり、近代以前のヨーロッパの都市のような趣（おもむき）があった。

わたしが子どもだったころは真新しかった団地も次第に古びていき、少しずつあちこちの団地が改装されていった。駅前の中央団地は何年か前に大きく改装され、北団地も外観だけは小綺麗になり、入居する世代も変わった。建物も道もあちこちが補修されたり改装されたりしながら、少しずつ古びていく。街も生き物のように老いるのだな、と感じた。

歩きながら、結局、文字とは、言葉とはなんなのか、と思った。空も大地もそこに生きるものも、人の作ったものではない。だが、街を歩いていて目に映る大半のものは、人が作ったものだ。建物も、道も、店で売られているものたちも。言葉や文字もそうしたもののひとつで、人が生み出し、記したものだと思っていたが、ほんとうにそうなのだろうか。

この世界には、言葉という目に見えない生き物が漂っていて、それが人の身体にはいりこみ、共生するようになっただけなのではないか。考える、という行為は、ほんとうは言葉が自分を増やすためのものなのではないか。体内でウィルスが増えていくのと同じように。文字はその生き物が形になったものなのかもしれない。ほんとうはもっとわけのわからないもので、人と暮らすうちに人が記すことができる姿に変形しただけなのかもしれない。

そんな子どもじみたことを考えるうち、見知らぬ門の前に出た。奥は小山で、そこには団地も家もない。そういえば近くに広い庭園があると母から聞いたことがあった。梅で有名で、花の咲く時期にはにぎわうのだと。父もわたしも行ったことはなかったが、母と妻は毎年梅の時期になると一度はそこに出向き、帰ってくると花の話をしていた。

もう五月だから、梅の時期ではない。入口からのぞいてみたが、園内にはほとんど人はいなかった。にぎわっている場所は苦手だったし、花にも興味がない。ただ、母が毎年どんなところに行っていたのか見てみるのも悪くないと思って、受付で入園料を払った。はいってすぐのところに梅林があり、ひとつひとつの木に名札がついていた。梅と言ってもいくつもの種類があり、種類によって花の色や形がちがう。前に母からそのような話を聞いたことを思い出した。

梅林を抜けたところにあるベンチに腰かける。そのあたりは木がないので、空がぽっかり見えた。わたしはうつむき、自分の手のひらを見た。文字がぎっしり記されている。文字があらわれてから、すでに三十年近く過ぎ、身体に文字があることにいつのまにかすっかり慣れていた。手の甲に父の名前の文字があらわれたときはぞっとしたが、いま見ると、そう恐ろしいものでもない気がした。

「ツヅリグサですね」

そのとき前から男の声がした。顔をあげると、フードのついたグレーのパーカーを羽織った男がいた。彼はわたしの手をじっと見ていた。ほかに人はいないから、さっきの言葉はわたしに向けたものなのかもしれないと思った。

「なんでしょうか」

不気味だと思いながらも、わたしは言葉を返した。

「あなたの身体に浮かんだ文字のことですよ」

にわかに意味がわからなかった。手のひらに視線を落とし、まさか、と思った。

「そうか。本人には顔の文字は見えないんですね。手のひらだけじゃなく、身体じゅうにあるんでしょう？　顔にも浮かんでいるんですよ。ふつうの人には見えないでしょうが、わたしにはすべて見えます」

「嘘だろう？」

混乱してそう言い返した。

「嘘？」

男は愉快そうに笑った。

「そんな奇妙な嘘、思いつかないでしょう？　思いついたとして、あなたに話しかけてわたしになんの得があるんですか」

男は冷静に言った。もっともな話である。そんな嘘をついてもどうしようもないし、疑うことに意味がなかった。

「驚いたな。これまでわたしのほかに、これが見えた人はいなかった。あ、いや、見えたかもしれない人はいたが、話をする前に死んでしまったので」

父のことだった。

「その人からそれを受け継いだのですか？」

男が訊いてくる。

「なんでそんなことまで知っているんですか」

わたしは驚いて訊き返した。

「ツヅリグサは、そういうことが多いですから」

「そうです。さっきもそう言いましたね。そういう名前のものなんですか、これは」

「そうです。『文を綴る』の『綴る』に、植物の『草』」

男はそう言って、わたしのとなりに座った。

「これは、ウツログサと呼ばれるものの一種です」

ウツログサ。こちらは「虚ろ草」ということか。

「ふつうは目に見えない。でも存在している。植物の妖怪のようなものだと言う人もいます。場所につくもの、人につくものといろいろで、わたしのように多くのウツログサが見える者は稀ですが、人についている場合は、たいてい本人は自分についているウツログサを見ることができます」

「わたしもそれということですか」

「そうです。ウツログサは種類が多く、名前のないものもたくさんあります。でもあなたについているツヅリグサはむかしからわりとよく観測されるので、名前がついているんです」

「数が多いのですか？」

「それもありますが、目立つんですよ。なにしろ、形が形ですからね」

　男はわたしの手を見下ろして言った。

「たいていのウツログサはもっと目立たないのです。とくに場所につくものはね。植物や菌類のように風景に馴染んでしまいますから。目につくのはやはり人についている場合です。これもあなたのように身体の表面にくっついているとはかぎらない。少し離れたところにたたずんでいるようなものもあります」

「わたしについているツヅリグサというもの、これに取り憑かれた人は、みんなわたしのようになるのですか？　ええと、耳なし芳一のように」

「耳なし芳一」

　男は笑った。

「まさに耳なし芳一ですね。ええ、そうです。みなあなたのように身体じゅうに文字のようなものが浮かびあがる。でもね」

　男はわたしの顔をじっと見た。

「あなたの場合はちょっと状況が特殊です」

「特殊？」

「はい。病気にたとえれば、かなり進行している状態ということです。このまま放っておくと危険です」

「進行している、というのは、どういうことでしょうか？」

「あなたのツヅリグサは、本物の文字に近づいている」

男に言われ、はっとした。

「そうなんです。最初にこれがあらわれたときはこうじゃなかった。ゆっくり形を変えて、少しずつ読めるようになったんです。わたしはずっとその記録を取っていて……」

「記録を？」

男が目を見開く。

「わたしは文字に関心があるんです。言語学者ですから。父もそうでした。父の書斎には失われた文字に関する本が無数にあった」

「このツヅリグサはお父さんから移ってきたんですね」

「そうなんだと思います。父の書斎に一冊だけ、文字のない本があった。父は死ぬ間際にそれを持ってきてくれ、と頼んだ。父はその本を抱いて眠り、翌朝見にいくと亡くなっていた。そして、なかったはずの文字が浮かびあがっていた」

「それで？　お父さんは、その本を開くな、と言ったんじゃないですか」

「その通りです。父は、その本をだれにも開かせてはいけない。わたしの手で焼くように言いました」

「焼くように？」

男がわたしの目をのぞきこむ。

「古書店に売ったり、ゴミに出したりしてはいけない。自分の手で燃やせ、と」

「なるほど」

「でも、わたしはその言いつけを守れませんでした。誘惑に勝てなかった。わたしは幼いころから父の本を見て、未知の文字を覚えてきました。文字を形として覚える力が人一倍高かったようなのです。それが高じて、父と同じ言語学の道を選んだ。そのわたしが見たことのない文字だったんです。どうしても気になって、開いてしまった」

「それで、文字が身体にはいりこんできた」

「そうです。最初は驚きましたが、わたし以外の人には見えないのだとわかると、文字が浮かんでいること自体は気にならなくなりました。それより、どうしてもこの文字を読みたかった。それで、父の書斎にあった書物で失われた文字のことを調べました。図書館やインターネットでも。でも、見つからない。そうしているうちに文字がだんだん変形して、こんなふうに」

わたしは手の甲にある父の名前を見せた。

「これは父の名前です。ほかにもひらがなのように見えるところがいくつもあって」

「わかりました。しかしそれは、とてもまずい状態です」

男はしずかにそう言った。

「どういうことですか?」

「そうですね、それがどういうことかおわかりいただくために、ツヅリグサの性質についてわかっていることからお話ししましょう」

男はそう言って、息をついた。

「まず、ツヅリグサは文字ではありません。さっきお話ししたように、それはウツログサという妖怪のようなものです。書物のような形状のものに身を隠していることが多く、文字の形を真似(まね)ている。でも、それは文字っぽい形というだけで、言葉を綴った文字とはまったくちがうものなんです」

「じゃあ、読もうとしても……」

「ええ。そもそも読めるものではありません」

「そうだったんですか」

これまでのあれこれはまるで無駄だったということか。だが、それならば、なぜわたしの身体に浮かんだツヅリグサは形を変え、日本語のような姿になってきたのか。

「ふだんは本に潜んでいるのですが、誤って人がツヅリグサに触れてしまうと、ツヅリグサはその人の身体に乗り移ります。なぜそうするのかはわからないのですが、身体の表面で暮らすようになる。そうして少しずつ形を変えていく」

「読めるものに近づいていくということですか」

「その変化はゆっくりしたものなので、たいていは変わっていっていることにすら気づきません。でもときどき完全に読める文字が浮かびあがることがあります。わたしたちにとってもそれはとてもめずらしいもので、どうしてそういうことが起こるかはわかっていなかった」

わたしたち、ということは、この男のようにウツログサを見ることができる人たちがなんらかの形で知識を交換しあっている、ということなのか。

「読める文字の形になったツヅリグサは、これまで数えるほどしか報告されていないのです。こんなに多くの部分が読めるツヅリグサははじめて見ました」

「そうなんですね」

「もしかすると、ツヅリグサの形が変化するのは、宿主の知識を吸収しているからかもしれません。人の使う文字に近づこうとしている」

「文字に、近づく?」

わたしは手を見た。手のひら、手の甲、と裏返してみると、あちらこちらにひらがなが散らばり、いくつか単純な漢字に近づきつつあるものもあった。

「いえ、ウツログサに意志があるとは思えないので、近づこうとして、という言い方は語弊があるかもしれませんが。ともかく、このことはわたしもあなたと会ってはじめて気づいたことですから、それ以上はわかりません。でも、文字の形に近いツヅリグサを宿した人はたいてい衰弱して、死に至ります」

「死に?」

「そうです。あなたみたいに、こんなに読める部分が多いのに生きている人ははじめてです」

男に言われ、背筋がひやっとした。

「でも、今後もこのまま元気でいられるとは言い切れないです。お父さんは亡くなったというお話でしたが、ご病気ですか?」

「はい、ただ、原因のわからない病気で……」

そこまで言って、言葉をのんだ。もしかして、父もそうだったのか。

「父の身体のこれも、読める形に近づいていた、ということなんでしょうか」

「そうかもしれません」

「でも、それなら、わたしの身体に移ってきたとき、すでに読める部分があってもおかしくないでしょう？　なぜそうならなかったんですか」

「それはわからないですね。本にはいるとき、形が崩れてしまうのかもしれません。あるいは最初から読める部分があったのかもしれませんよ。あなたに見えなかっただけで」

「見えない？」

「ええ。自分の身体のなかで自分で見える部分はかぎられています。背中も見えないし、顔も見えない。ツヅリグサは鏡には映りませんからね」

たしかにその通りだ。本の状態のときは途中で文字が動きはじめ、最後までめくることができなかった。だからすべてを見たわけではない。

「なんにしても、お父さんの言いつけを破ったのはむしろよかった」

「なぜですか？」

「お父さんはツヅリグサを本に閉じこめ、燃やしてしまえば終わると思っていたのでしよう。でもそれはちがうのです。本を燃やすと、ツヅリグサは本から剝がれ、散らばっていきます。小さな断片になって、植物の種子のように飛んでいくのです。そうして人に接触すると、その身体のなかで増えていってしまいます」

「そうなんですか」

「はい。むかし本を燃やしたために村じゅうの人が衰弱死したという事件があったのです。だから、燃やさなかったのは正解でした」

「では、どうしたら良いのですか。わたしには家族がいない。両親も亡くなり、かつては結婚していましたが、妻と子どもは家を出ていきました。わたしが死ねば、ツヅリグサはあの本のなかに戻るということでしょうか。でもそのあとどうやって始末すれば……」

「いま祓うこともできますよ」

男が言った。

「祓う？」

「わたしは、それを祓う仕事をしているんです」

「仕事……」

そういうことだったのか。さっきの話から考えるに、この男のほかにもそうしたことを仕事にしている人がいるのかもしれない。

「どうやって祓うんですか」

「除草剤のようなものがあるんです。もちろん、無理強いはしません。わたしもすべてのウツログサを祓おうと思わない。お勧めするのは危険な場合だけです」

「このまま放っておいたらどうなるんですか」

「わからないです。あなたはこのウツログサに適応している。だから、死なないかもしれない。ここまで読める状態になったツヅリグサの報告はありませんから、それ以上はなんとも言えません。ただ、問題は衰弱死ではなく、ウツログサに取りこまれてしまうことです」

「取りこまれる？」

「ウツログサは人や生き物とはちがう理で存在しています。でも、なぜか宿主が喜ぶことをするのです。欲望を読み取り、それに沿おうとする。読める形になってきたのも、そういうことなんだと思います。あなたは文字にくわしい。文字の形を記憶する力が強い、と言っていましたね。あなたのもとにいるのは、ツヅリグサにとっても快適な状態なのかもしれません。だからあなたを生かしている」

　これにとって快適な状態……。手のひらを見下ろし、文字のようなものを見つめた。

「ときどきそうやって、ウツログサと同一化していってしまう人もいるのです。ウツログサはその人のなかで力を強めていって、最終的にはその人をのみこんでしまいます」

「どうなるんですか」

「のみこまれた人はウツログサの一部になります。人とは言えない世界に行ってしまう。その人がどうなるのかはわかりません。なにしろもう人ではありませんから」

「ウツログサの方は？」

「巨大化し、周囲に悪い影響を与えます。世の中でわけのわからないと言われている事件のなかには、これが原因のものもたくさんあるんですよ。あなたのツヅリグサがどのような災厄をもたらすのか、予想はできませんが」

それが望ましくないことであるのは確かだった。

「もちろん、そうなるとはかぎらない。強い力のウツログサを宿しながら、バランスを保っている例がないわけではありません。祓うかどうかは、あなた自身の判断です。祓うのにはお金が多少かかります。でも、さっきあなたは、ツヅリグサの姿の変化を記録していた、と言ってましたよね。その記録のコピーをいただけるなら、費用はなしでもかまいません。まあ、あなたはお金には困っていないように見えますが」

男はそう言ってわたしを見た。

「早い方がいいでしょう。ぎりぎりになってからだと、祓える確率がさがります」

「わかりました。祓ってください。コピーも渡します」

わたしは答えた。そうするのが妥当だと思った。

「記録はかなり量があるのですが」

「もし重ければ、ここに送っていただいてもかまいません。この私書箱です。できればそのとき、最初に文字がはいっていた本もいっしょに送ってください」

男がカードを差し出す。そこには「笹目」という苗字か名前かわからない名と、電話番号、そして郵便局の私書箱の番号が記されていた。

「では、薬を準備しておきます。来週の同じ曜日、同じ時間に、またこの庭園に来てください」

男はそう言って、去っていった。

家に帰り、これまでのツヅリグサの形の変化に関する記録を引っ張り出し、コピーした。あたらしいものから順番に、一枚ずつコピー機に載せる。そのたびに、その記録を取ったときのことを思い出した。ツヅリグサの形は、当時の周辺の記憶をともなって、わたしの頭のなかに刻まれていた。

少しずつ時間をさかのぼっていく。母が亡くなった日。妻が出ていった日。娘が生まれた日。結婚した日。記録は何百枚もあり、コピーするのにかなりの時間がかかった。だが、記録自体が興味深く、途中で手を止めることができなくなった。

最後の一枚をコピー機に載せる。そこには、いまとはまったくちがう、わたしの身体に最初にあらわれたときのツヅリグサの形が記されていた。あのときは気がつかなかったが、とてもうつくしいものに見えた。

わたしはコピーと本を家にあった紙袋に入れた。近くの郵便局に行き、男に教えられた私書箱に送った。

帰り道を歩きながら、ふと、自分はなぜ生きているのだろう、と思った。これを記録することこそが自分の人生だったのではないか。

あの男に祓ってもらい、まっとうな人生を歩む。きっと世間一般にはそれが良いことなのだろう。だれにも迷惑をかけない。だが、この文字が消えたら、自分は抜け殻だ。文字がない状態で生きていけるとは思えなかった。

――人はみなちがう。なにを大事にするかは人それぞれだ。だれかが決めて良いものではない。

父の言葉が頭のなかによみがえる。わたしにとっては、仕事も家族もすべてまぼろしで、この文字の方がほんとうのことだった。この文字を読むために生きていた。

手のひらを日に翳(かざ)すと、ツヅリグサのほぼすべてが文字の形になっていた。だが、読めない。いや、読むことはできるのに、意味をなさない。

これは、そういうものだったのだ。

はらはらと涙がこぼれた。文字が身体から浮きあがり、どんどんふくらんでいく。日本語だけではない、わたしの知っているさまざまな文字が、空中に舞い散っている。

遅かったのだ。わたしはこれにのみこまれてしまうのだろう。あの男には申し訳ないことをした。ほかの人にも迷惑をかけてしまうのかもしれない。だが、満足していた。

そのとき、意味をなさないと思っていた文字が突然読めた気がした。

人の理とはまったくちがう言葉が空中に渦巻いている。もうひとつの世界のように。空に広がる文字を見ながら、生まれてはじめて孤独ではないと思った。

ウリフネ

ずっと、瓢箪を背負っている。

そのことはずっと人に話さずにきた。妻にも、子どもたちにもだ。子どもたちはすでに独立して家を去り、妻は少し前に亡くなった。

首のうしろから蔓が出て、瓢箪はその先にぶらさがっている。手でさわることはできない。鏡にも映らない。子どものころは瓢箪はまだ小さなものだったし、自分には見えない背中側のことだから、ふつうならそのことに気づかないだろう。

だが、わたしはそれがあると知っていた。わたしの家族がみな首のうしろから瓢箪のようなものを垂らしていたからだ。みんなにあるのだから、わたしの背中にもあるはずだと思っていた。自分のものを見るためには首をひねって背中側をのぞくしかない。はじめは見えなかったが、少しずつ視界の隅にはいるようになった。家族と同じように瓢箪がぶらぶらと揺れていた。

当時わたしの家は山間の小さな村にあった。家はぽつんぽつんと離れた場所にあるが、村人の顔は全部わかる。そういう場所だ。わたしの家族だけではなく、村に住む者はみな、似たようなものを首から垂らしていた。

うちの者は瓢箪のように真ん中がくびれた形をしていたが、人により家により、形は異なっていた。糸瓜のようにただだらりと長い下ぶくれの形のものもあれば、冬瓜のように全体にふっくらした形のもの、きゅうりのようにひょろ長いものもあった。真ん中がくびれているのはめずらしく、うちの家の者にかぎられているようだった。

村の人の背負っているものの形がさまざまだったので、わたしはそれを「瓜」と呼ぶようになった。瓜が特別なものだと思ったことはなかったし、だからこそほかの人と瓜について話すことはなかった。しかし、あるとき気づいた。人はみな瓜を背負って生きているが、わたし以外の者には見えていないのだと。

考えてみれば、そこにあるのにさわれない、というのはおかしなことだ。だが、幼いころのわたしはそれに気づかなかった。あるのにさわれないものなどほかにもいろいろある。たとえば影。はっきり見えるのに、さわることはできない。だから瓜もまたそのようなものだと思っていたのだろう。

しかし、瓜は影とはちがう。影はだれにでも見える。だが、瓜はほかのだれにも見えない。ほんとうに見えないのか気になって、親や祖父母に訊いてみたこともあったが、だれにも見えていないどころか、嘘をいうのはやめろと叱られた。それで瓜の話をするのはやめた。わたしが瓜に関心を持つようになったのは、ほかの人には見えないということがわかってからだと思う。

瓜はうなじから生えている。自分のうなじに手をのばし、瓜が生えているあたりを探っても、人の皮膚特有の湿り気を持ったつるりとした感触しかなく、やはり蔓にも瓜にもさわれないのだ、と思う。それでも首を懸命にひねって見ると、視界の隅に時おりゆらゆら揺れるものが映る。

夜、眠っている父や母の首元に指をのばし、瓜の生えているあたりをさわる。感触はない。だが目にははっきり見える。触れることができなくても、だれにも見えなくても、瓜が存在していることは少しも疑わなかった。

まわりの人を観察してみると、瓜は生まれたときには小さく、その持ち主が成長するとともに大きくなっていくようだった。成長の速度はさまざまで、大人になってもあまりふくらまない者もいれば、かなりの大きさのものをぶらぶらさせている者もいた。と言っても、四十を過ぎるころになるとどんな人の瓢簞もみな同じくらいの大きさになり、そこで成長を止める。その後はやはり人によるが、少しずつ皺(しわ)ばんでしぼんでいき、死ぬころにはだいたい似たような大きさになるのだった。

長いこと、瓜はただあるだけのもので、それに役割があるとは思ってもいなかった。だが、同居していた祖母が亡くなったとき、そうではないのかもしれないと気づいた。祖母は長いあいだ病で床に臥せていた。古く、やたらと広い平家の、廊下の突きあたりの近くにある小さな部屋に布団が敷かれ、祖母はずっとそこに横たわっていた。何年も、いや、実際には数ヶ月だったのかもしれないが、幼いころのわたしには永遠に思えるくらい長いあいだ、祖母はその部屋から出なかった。

立ちあがることはできないし、眠っている時間の方がずっと長かった。日に何度か床ずれを防ぐために父や母が祖母の身体を動かしてはいたが、それ以外の長い時間、祖母はひとりきりで、ただその部屋にいた。食事をとることもほとんどなく、生きて、息をしているだけに見えた。

祖母の部屋はいつも薄暗く、なんとなく奇妙な匂いがした。骨の形が透けて見えるような、ほんとうに生きているのかわからなくなるような身体が、怖いのになぜか気になって、わたしは毎日その部屋をのぞきに行った。

たいていは眠っているが、たまに起きて目を開けることもあった。頭ははっきりしていて、わたしを見ると名前を呼び、元気にしてるか、と訊いてきた。

わたしがなにを答えても、祖母はそうかそうかと言い、しばらくすると眠ってしまった。薄暗くしずかな部屋に寝息だけが響いていた。その空気のなかで、わたしもまた生き物としか言えないむき出しのなにかになっていくようで、怖くもあるが、息が詰まるほど気持ちが高揚した。

いまでも、生きる、という言葉を聞くと、なぜかあの部屋のことを思い出す。生きるというのは、あの部屋のなかに漂っていた、あの重く沈んだような空気を吸ったり吐いたりすることだと思う。

祖母の瓜は祖母のかたわらに横たわっていた。祖母の身体のように皺皺にしなびていた。祖母の瓜はくびれがなく、冬瓜のような形をしていた。料理をしたり、わたしを抱きあげたりしていたころは、皺はあったがもっと丸々とした形だった。こんなふうにしぼんでしまったのは、この部屋で寝たきりになってからだ。

祖父の死は突然だった。朝、畑仕事に出ていって、心臓の発作で畑で死んだ。なんの前触れもなかったし、亡くなる日の朝まで、祖父の瓜はまだつやつやしていた。この家の者特有の見事な瓢簞形で、表面に少し皺はあったが、まだまだ立派なものだった。

そこまで思い出し、ふと疑問を感じた。祖父が死んだとき祖父の瓜はどこにあっただろうか。棺のなかにはなかったし、そもそも棺に入れる前、布団に横たわっていたときもなかった気がする。

もしかしたら、瓜はその持ち主が死ぬとなくなってしまうということなのではないか。祖母の部屋の薄闇のなかでそのことに気づいてわたしは慄(おのの)き、祖母の瓜を見た。

だとすれば、祖母が死ぬとき、この瓜もなくなるということだ。なくなるとはどういうことだ。どうやってなくなるのか。持ち主から切り離されてどこかに行ってしまうのか。どこに行くのだ。畑か、山か。それとも消えるのだろうか。どうやって？　煙のように？　あるいは溶けるようにか。心臓が早鐘を打った。

わたしは瓜が消える瞬間を見たくなった。まだ学校にあがる前だったし、幼稚園などというものは村に存在しなかったから、わたしはいつも家にいた。まだきょうだいもなく、ひとりだった。あるいは遊び相手がいれば遊びに夢中になって瓜のことなど忘れていたかもしれない。しかしほかに関心を向ける先もなく、わたしは四六時中祖母の部屋に入り浸るようになった。

食事中に、母が少し気味が悪いとこぼしたが、父は、ばあちゃん思いなんだ、悪いことじゃないだろう、と笑い飛ばした。祖母のことは好きだったが、部屋に入り浸るのは全然別の理由だった。だが、ばあちゃん思いということにすれば母も納得するようなので、そのままにしておいた。

朝起きると祖母の部屋に行き、祖母のかたわらに寝ころんで、天井の木目や雨戸の隙間からはいってくる光の筋をながめながら、瓜がなくなる瞬間を待った。瓜がなくなる瞬間とはすなわち祖母が死ぬ瞬間であり、わたしがしていたのは祖母の死を待つことに等しかった。幼いなりにそのことはわかっていたが、好奇心がまさった。祖母が死ぬことより、瓜がどうなるのかが気になった。

その日も、朝から祖母の部屋で過ごし、昼食をとってから祖母の部屋に戻った。祖母は眠っていた。このころにはもう、祖母はほとんど目を覚まさなくなっていた。祖母の瓜はますますしぼんでいて、皮にできた皺をぼんやりながめるうちに、いつのまにかわたしも眠っていた。

ふいに名前を呼ばれ、目を開けた。だれだろう、と思って見まわすと、なんと祖母が立ちあがっている。わたしが知っている祖母よりだいぶ小さくなってはいたが、自分の脚ですっくと立っていた。

なんだ、ばあちゃんは立てたのか、それとも病気が治ってまた立てるようになったのか、と思い、となると、まだしばらく死ぬことはないのかもしれない、これほど待ち続けたのに、瓜がなくなることもないのだろう、と少しがっかりしていた。

――ばあちゃん、治ったんだ、よかったね。

わたしが話しかけると、祖母はわたしの方を見てくすくす笑った。

――長かったよねえ。

祖母は晴れやかな顔でそう言い、わたしは「長い」というのは病で臥せていた時間のことだと思い、ぼんやりとうなずいた。

――でも、もう終わりだ。帰ることにしたよ。お前は元気そうだね。お父さんとお母さんに、よろしく伝えておくれ。

祖母の言葉の意味がよくわからず、答えに困って畳に目を落とす。祖母の立つ横にはいつものように瓜があった。だが、瓜はもう祖母とつながっていなかった。祖母のうなじには蔓の根本がなく、つるんとしていた。心臓がばくばくと音を立てた。

――じゃあ、行くね。

祖母がそう言うと、瓜がふたつに割れた。小さくなった瓜に、小さくなった祖母が足を入れる。舟に乗りこむように。風呂で湯舟に浸かるように。身体を丸めると祖母は瓜のなかにすっぽりおさまってしまい、自然と蓋が閉じた。なにが起こったのかわからないうちに、瓜はすうっと布団から離れ、壁の方に向かっていった。

なんだ、どういうことだ。瓜を目で追うと、そこにあるはずの壁はなくなって、暗い川が広がっている。瓜は川のなかに進んでいき、ゆらゆらと流れていった。

気がつくと暗い川はいつのまにか消えて、いつものざらっとした砂壁に、雨戸の隙間から漏れてきた光が筋を作っていた。布団のなかには祖母がいた。なにかが抜けてしまったように、生きているときとはちがう、抜け殻のような顔だった。瓜はどこにもなかった。

そのときわかった。瓜は舟なのだと。人が死んだとき、その魂を乗せてどこかに連れていく。もしかしたら、人が生まれるときも魂はそれに乗って来るのかもしれない。そうして人の身体が成長するごとに瓜もふくらみ、運ぶのにふさわしい大きさになる。年を取ればしなびて小さくなる。人はみな生きているあいだに背中の瓜を育て、死ぬときはそれに乗ってどこかへ帰る。

わたしの背中の瓢箪がぐっと重くなった気がした。首をひねって背中を見ると、昨日見たときより心もち大きくなったようにも見えた。わたしはこれを育て続けなければならない。なぜならこれがなくなったらわたしはどこにも帰れなくなるから。

そう考えると恐ろしかった。空っぽになった祖母の顔を見て我に返り、わたしはあわてて父と母を呼んだ。部屋に来た母が医者を呼び、やってきた医者は祖母の身体を少し調べて、ご臨終です、と言った。

祖母が亡くなったあと、わたしたち家族は村を出た。その村は近くダムの建設のために湖に沈むことが決まっていた。あとで聞いた話では、はじめのうちはもちろん反対の声があがり、村人も賛成派と反対派に分かれて争いもしたが、結局みな村を出ることになった。ほとんどの者が国の用意した代替地に越したようだが、他所に出た者もいた。

祖母が亡くなったころは、もう村人は半分くらいしか残っていなかった。たいていは家や畑にこだわって村を去ることを嫌がった人たちだが、うちは祖母の状態を考えてのことだった。それに両親は、どうせ越すなら今後のことを考えて代替地ではなくもっと大きな町に行こうと決めていた。父はときどき近くでいちばん大きな町まで出て、勤め先を探した。

父が見つけた職場は大きな工場で、敷地のそばに社宅もあった。祖母が亡くなって半年後、わたしたちは村を出てその社宅にはいった。集合住宅だったし、村の家にくらべたらひどく狭い、ただの箱のような場所で、はじめはこんなところに住めるのだろうかと思ったが、すぐに慣れた。畑はないが、近所には大きなスーパーマーケットもあり、両親は便利だ、楽だ、と言っていた。

驚いたことに、この町に住む人たちはだれひとり瓜を背負っていなかった。町に越してすぐわたしは小学校にあがった。まわりの子どもたちも先生も、だれも瓜を背負っていない。

さらに、町に来てしばらくして母が身籠もり、やがて生まれた弟にも瓜はついていなかった。そのあとに生まれた妹もだ。瓜を背負っているのは父と母とわたしだけ。瓜は死んだ人の魂を運ぶ舟のはずだった。舟を持たない人は死んだときどうするのだろう。それとも祖母が死んだとき見たあれは、夢かまぼろしだったのか。

考えれば考えるほど、それがほんとうのことだったのか怪しくなってくる。しかし、成長するうちにわたしの関心は学校のことや友だちとのあれこれに奪われていき、瓜なんてどうせ人には見えないものだし、あってもなくてもいいんじゃないか、と思うようになった。

高度経済成長期だったこともあり、父の勤めていた工場は急速に拡大し、父の給料もあがっていった。弟や妹が成長して社宅が手狭になったので、少し離れた場所に建売住宅を買った。

小さな家だが、新築だった。村の家のような薄暗い場所もなく、夜に雨戸ががたがたと音を立てることも、隙間風が吹きこんでくることもなかった。社宅の人づきあいに疲れていた母は解放されてほっとしたようだったし、弟や妹も、自分たちの部屋ができてうれしそうだった。

高校にあがると、わたしは都心の大学に行くことを希望した。学校で成績の良い生徒はほとんどがそうだったし、父からも、大学に行って大きな会社に就職すれば将来が安泰だから、と言われ、日々勉強に励んだ。

瓢箪はまだ背中にあり、時折、ずんと重くなることがあった。たいていは試験前や、成績に問題があるときだったから、緊張で頭痛がしたり肩が凝るのと似たようなものなのだろうと思った。

都心の大学に合格し、わたしは大学の近くの学生寮にはいった。男子しかいない学生寮で、食事も出た。東京での暮らしは、気楽で自由だった。まわりには、ろくに授業に出ないで雀荘（ジャンそう）に入り浸っているような者もいたが、わたしは学問というものの面白さに開眼し、せっかく同じ学費で受けられるのだから、できるだけ多くの授業を取ろう、と思った。

とくに民俗学の授業が興味深く、図書館でも本を借りて読み漁り、釈迢空（しゃくちょうくう）の名で歌人でもあった折口信夫（おりくちしのぶ）の文章に魅せられた。そして「靈魂の話」に出会った。「たま」と「たましひ」をめぐる論考である。

そのなかに、たまごにまつわる話が出てくる。たまごの古い言葉は「かひ」であり、「かひ」とはものを包むもの、貝のような器をいう。その「かひ」のなかにはいってくるものが「たま」であり、はいることを「なる」と呼ぶ。「たま」はある期間「かひ」のなかで過ごし、やがて外に出てくる。この「なる」の信仰から生まれたのが竹取物語のかぐや姫だと言う。

なよ竹のかぐや姫は、山の中の竹の、よ——節と節との間の空間——の中にやどつて育つた。其を竹とりの翁が見つけてつれて來る。此物語は、純粋の民間説話でなく、其をとつて平安朝に出來た物語であるから、自然作意がある。姫がどうして、竹のよの中に這入つたかなどゝ言ふことも言はれてはない。天で失敗があつて下界に降り、或期間を地上に居てまた天へ還つたといふ風に、きれいに作られてゐる。

類型の話は、猶幾つかある。桃太郎の話が、やはり其一つである。我々の考へから言へば、桃の中にどうして人が這入つたらうと疑はないでゐられないが、昔はそこまで考へる必要はなかつたのだ。此話では、桃の實が充實して來ると言ふ考へと、桃太郎が大きくなつて出て來る時期を待つて居ると言ふ考へとが、一つになつて居る。朝鮮には、卵から生れた英雄の話がたくさんある。日本と朝鮮とは、一部分共通して居る點がある。あめのひぼこは、朝鮮からやつて來た神だが、やはり卵の話に關聯して居る。

「靈魂の話」にはそのように書かれていた。竹のなか、桃のなかにどのように人がはいったのか。むかしはそこまで考える必要がなかったとある。その話を読んでいたとき、頭のなかに祖母の瓜の記憶がありありとよみがえった。そして、それに続く部分に衝撃を受けた。そこにはまさに「瓜」の話が書かれていたのだ。

卵の話は、日本にも全然ない事はないが、日本には、卵でなく、もつと外の容れ物があつた。瓜に代表させていゝと思ふが、瓜といふと、平安朝頃まではまくわの事で、喰べられるものゝ事を言うた。古くは、主としてひさごを考へた。其ひさごの實が、だん〳〵膨れて來て、やがてぽんとはじける時がくる。其は其中に、或ものが育つて居ると考へたのである。
更にかうした話は、もつと異つた形でも殘つて居る。聖德太子に仕へ、中世以後の日本の民俗藝術の祖と謂はれて居る、秦ノ河勝には、壺の中に這入つて三輪川を流れて來た、との傳説が附隨して居る。此壺には、蓋があつた。桃太郎の話よりは、多少進化した形と見られる。

「ひさご」とはまさに瓢簞のことではないか。自分の背中に揺れている瓢簞のことを思い、そういえばこれのなかがどうなっているかまでは考えたことがなかった、と思った。

日本の神々の話には、中には大きな神の出現する話もないではないが、其よりも小さい神の出現に就いて、説かれたものゝ方が多い。此らの神々は、大抵ものゝ中に這入って來る。其容れ物がうつぼ舟である。ひさごのやうに、人工的につめをしたものでなく、中がうつろになつたものである。此に蓋があると考へたのは、後世の事である。書物で見られるもので、此代表的な神は、すくなひこなである。此神は、適切にたまと言ふものを思はす。卽、おほくにぬしの外來魂の名が、此すくなひこなの形で示されたのだとも見られる。

此神は、かゞみの舟に乘つて來た。さゝぎの皮衣を著て來たともあり、ひとり蟲の衣を著て來たともあり、鵝或は蛾の字が宛てられて居る。かゞみはぱんやの實だとも言はれるが、とにかく、中のうつろなものに乘つて來たのであらう。嘗て柳田國男先生は、彼荒い海中を乘り切つて來た神であるから、恐らく潛航艇のやうなものを想像したのだらうと言はれた。

かやうに昔の人は、他界から來て此世の姿になるまでの間は、何ものかの中に這入って ゐなければならぬと考へた。そして其容れ物に、うつぼ舟・たまご・ひさごなどを考へたのである。

その文章を読みながら、かつて祖母が亡くなったとき瓜の蓋が開いたのを思い出した。祖母はその空洞のなかにはいり、どこかに流れていった。

ここにはやってくるときのことしか書かれていないが、祖母は瓜に乗ってどこかに流れていった。もしかしたら、ああやって流れ出ていった人が舟のなかで若返り、あるいは生まれ直して、どこかの浜に流れ着くのかもしれない。

しかし同時に、瓢箪はそんなものではない、という気もした。これはそんなふうに人が解釈できるようなものではない。なかにはいっているのは、人に理解できるようなものではない、と思った。

民俗学に強く惹かれるものを感じ、柳田國男の研究者である教授のもとで卒業論文を書いたものの、大学院に進む気は毛頭なかった。当時は経済的に恵まれた者しか進めない道だったし、父の理解を得られるとは到底思えなかったこともある。だがそれより、教授やほかの学生たちとのやり取りのなかで、自分には研究の道に進むだけの素養はないと思い知らされていたことが大きかった。

言葉というものは、わたしたち人間の道具のように見えるが、長く世界にあるうちに魔力のようなものを帯び、見えない世界に深く根を張っている。そうした魔物のようなものにまみれるのが学問であり、そこで生きるためには、ほかのすべてを捨てる覚悟が必要だ。それは、自分自身もまた、世の人々とは異なる者になることを意味する。そのような生き方ができるとは思えなかった。

しかし、大学のあの四年間は、世界にわたしの理解を超えたものがたくさんあるということを知る貴重な時間だった。大学、そして大学の図書館を思い浮かべるたびに、竜宮城のような世界で時を過ごしたように思えた。


大学を出ると総合商社に入社し、わたしは現実の、お金で動く世界の住人となった。それはそれでむずかしくもあり、楽しくも、苦しくもあった。

やがて会社で出会った二歳年下の女性と結婚し、横浜から数駅のひかり台というニュータウンの賃貸の団地に入居した。通勤時間は一時間を超えたが、同僚もみなそんなものだった。都心の地価は高く、とても住めない。郊外の土地に家を建て、一時間以上かけて会社に通う。それがふつうだった。朝の満員電車には、似たような格好のサラリーマンがぎゅうぎゅう詰めになっており、みな言葉を交わすこともなく、まるで貨物にでもなったかのように、じっと黙っている。

数年間は共稼ぎで、お金が貯まったらローンを組んでこの近くの一戸建てを買うつもりだった。なんとか頭金が貯まったころ、妻が妊娠した。ちょうどそのころに売り出されたひかり台周辺の分譲住宅の抽選に申し込み、めでたく当選した。

駅に近い団地とちがって、バスなら五分、徒歩だと二十分かかる。しかし、念願のマイホームだ。駅周辺よりは区画もやや小さめだが庭もあり、小学校も近い。子どもを育てるにはいい環境だった。家の形はいくつかのモデルプランがあったが、間取りや調度品などは自由に選ぶことができ、妻とあれこれ相談して決めた。

妻は会社を退職した。新居に越してすぐ、子どもが生まれた。子どもには瓜はついていなかった。数年後、第二子が生まれたが、こちらにも瓜はついていない。もちろん妻にも瓜はない。会社でも、通勤中でも、瓜がついている人を見かけたことはなかった。

妻は育児に明け暮れ、わたしだけが電車に乗り、都内の会社に通った。通勤は前より少し大変になったが、自分たちの家ができ、子どもが生まれたのだ。人生が花開いていくようで、充実した日々だった。

仕事は忙しく、残業も多かった。帰り、疲れて電車に揺られていると、薄闇のなかで祖母と過ごした時間が心によみがえった。まわりのだれにでも瓜がついている村に住んでいたのは六歳までのことで、そのころの記憶は祖母と瓜のことをのぞけばぼんやりしている。それでもなぜか、あの薄闇のなかの時間だけは妙にはっきり覚えていた。

夏休みや正月には子どもたちを連れて実家に戻った。両親はだいぶ年老いて、背中の瓢箪もしなびてきていた。その瓢箪を見ると胸が締めつけられるように苦しくなった。

父も母も、自分たちが暮らしている郊外の町になんの不満もないようだったが、年を重ねるにつれ、あの村のことをよく口にするようになった。村に帰りたい、というわけではない。もとより、村は湖に沈み、存在しない。両親はわたしたちがひとりだちしたあと、村のあった場所をふたりでよく見に行くようになったらしい。

――ダムが完成して、大きな湖になっていてね。そのまわりを車で一周したんだよ。地図を見ながらそれらしい場所で車を停めて湖を見たけど、もちろん村は見えなかった。あの村がそこにあったなんて、まるで信じられなかったよ。

父はそう言っていた。それでもときどき無性に湖が見たくなり、母とふたり、車で湖に通っていたのだと言う。

夏に家族で帰省したとき、身体が弱ってきた父が湖を見たい、と言った。母は運転できないし、わたしが車を出すことにした。そのころには子どもたちももう中学生と小学校高学年になっており、ダム湖のまわりには遊べる場所もいろいろあるようだと知って、わたしが実家の車を、妻がうちの車を運転し、みんなで湖に行った。

村のまわりの風景などなにも覚えていなかった。それでもなぜか湖に近づくと、胸が高鳴った。ダムの近くには広場があって、カヌーに乗ったり、ダム施設を見学したりすることもできた。

むかしわたしたちが住んでいた家が湖の底に沈んでいることを話すと、中学生だった上の息子は学校の社会科でそのような話を聞いたことがあるらしく、反対運動のことなどを訊いてきた。わたしはなにも知らなかったが、父が熱心に説明した。わたし自身もはじめて聞く話が多く、そういうことだったのか、とぼんやり思ったりした。

車で湖のまわりを走り、村があったのはこのあたり、と言われた場所で車を降りて水面を見たが、やはりその下に村があるなんて思えなかった。

上の息子が高校生になってから、父と母が相次いで亡くなった。両方とも死に目には会えなかった。父の死は突然だったし、母の方は入院はしていたものの病状は安定していたのに、容態が急変し、連絡を受けてすぐに駆けつけたが間に合わなかった。だから、死んだ両親に対面したときには、もう瓜はどこにもなかった。

瓜はどうなったのか。父も母も瓜に乗っていくことができたのか。祖母のときには部屋のなかに川が流れていた。あの川はどこにつながっていたんだろう。でも、あれは村の家の出来事だ。あの土地から離れた場所まで、あの川は迎えに来てくれたのだろうか。そうでなければ瓜に乗ってもどこにも帰れないのではないか。

母の葬式のあいだ、ぼんやりとそんなことを考えていた。あの村に住んでいた父や母の親戚や知人はもうほとんどが亡くなっているか、本人も高齢で動けず、葬式には来なかった。その子どもの代となれば父とも母とも縁が薄く、結局葬式に参列したのは、父の勤務先の同僚だった人など、町に越してからの知り合いだけだった。

先祖代々の墓は村の代替地にできた霊園に移していた。だが、父はずっと住んでいた町の近くにあたらしい墓を買っていたから、父の骨も母の骨もその墓におさめた。墓をながめながら、わたしの知っている瓜を背負った人はだれもいなくなった、と思った。瓜を背負っているのはわたしだけ。ぽかんと大きな穴が空いたみたいだった。

代替地に行けば、もしかしたらまだ瓜を背負った人がいるかもしれない。だがそこまでする気力はなかった。

やがて息子も娘も大学を卒業し、ひとりだちしていった。息子は結婚し、娘は仕事で海外に行った。わたしも定年退職し、その後は妻とおだやかな日々を過ごした。

どうせならこの近くに永眠したいと相談して、ひかり台の近くの公営墓地に墓も買った。ニュータウンに隣接した高台にある墓地で、墓地からわたしたちの住んでいる住宅地を見下ろすことができる。亡くなってからも家の近くにいられるのはいいよね、と妻は笑った。

妻によれば近所の人たちのなかにもここに墓を買った人は多いらしい。会社と自宅の往復だけでわたしは近所の住人のことなどほとんど知らないが、妻は子どもの学校時代の親同士のつきあいがあり、地元に根づいているみたいだった。

長年の専業主婦生活のかたわら手芸を習ったりもしていたようで、子どもたちがいなくなったあとは自分の作ったものを知人の店に置いてもらったり、ニュータウンの中央団地の広場でおこなわれるイベントに出店したりとなにかと忙しそうだった。

会社勤めがなくなったことだし、わたし自身もなにか趣味を持った方がいいだろうと考え、庭で家庭菜園をはじめた。最初はなにもわからなかったが、ホームセンターに行ったり、園芸関係の本を読んだりテレビ番組を見たりするうちに、だんだんそれなりのものが収穫できるようになり、妻が出ているイベントにいっしょに出て、できた野菜を売ったりした。

しかし、しばらくして妻は病に倒れ、数年間の闘病の末、亡くなった。まだ七十代前半で、いまの平均寿命から考えれば早い。とはいえ、妻と結婚してから四十年以上が経っていた。それだけの月日が流れたのだ。人生なんてあっという間だ。成長して、今度は自分の子どもが生まれ、その子を育てればだいたい終わりで、あとは短い余生だけ。儚(はかな)いものだ。

コロナ禍中で葬式はできず、海外にいる娘は帰国することすらできなかった。息子とふたりで骨を墓におさめ、知人には書面で伝えた。近所の人に、うちのお墓もあそこにありますよ、と声をかけられたこともあった。その人もかつては駅の近くの団地に住んでいたようで、抽選に当たってこの分譲地に家を建てた。そうして同じ公営墓地に墓を買い、ご主人は少し前に亡くなって、その墓に眠っているらしい。

公営墓地は巨大だった。寺の墓地とはちがい、無数の墓があった。高度経済成長期、ニュータウンができたのと同じころに作られたもので、墓のニュータウンのようなものだった。団地に集まり、やがて一戸建てに移り、そして最後はこの墓にはいる。わたしたちサラリーマンの人生とはそのようなものなのかもしれない、と思った。

部屋にひとりでいると、自分がなんで生きていたのかさっぱりわからなくなる。背中を見ると少ししぼんできた瓢箪が視界の隅にゆらゆら揺れて、結局最後までいっしょにいられるのはこれだけか、と思った。庭の野菜もすべて枯れてしまって、もう二度と育てる気にはなれない。それでもすることがないのはたまらないので、家の近所をひとりで散歩するようになった。

　このニュータウンもわたしたちが越してきたときはまだまだあたらしく、活気があった。似たような世代の人が多かったから、あちらこちらから子どもの声がした。通勤のために駅に向かう途中で、世界が未来に向かっているような気持ちになった。

だが、いまはそのときの子どもたちはみな成長し、ほとんどがここから出ていった。うちの息子や娘のように。あとにはわたしたちのような年寄りだけ残り、町自体も少しずつ色褪せ、しぼんでいっているように見えた。残った年寄りがみなあの墓に引っ越したら、空っぽの家だけが残るのだろうか。

　なにしろほかにすることもないから、散歩の時間も次第に増え、距離もどんどんのびていった。歩いてみれば、知らない場所はいくらでもあった。妻のように子どもたちと過ごしていればこのあたりの土地にもくわしくなっていたのかもしれないが、ずっと会社勤めで、近所を歩いたことなどほとんどなかったのだ。

　最初のうちは墓地まで行って妻の墓参りをし、墓地を一周してまた歩いて帰る、それが定番のコースだった。だが、やがてそれに飽き足らず、あちらこちらをめぐるようになった。少しバスに乗れば古い歴史のある寺や史跡もあった。

　となりのニュータウンは開発の際に発掘調査がおこなわれたようで、このあたりには縄文時代から人間が住んでいたことがわかっている。大学時代のことを思い出し、近所の図書館でそのあたりのことを調べたりした。

様子を見にきた息子からSNSやらブログやらの使い方を教わって、写真とともに調べたことを投稿していると、知らない人からのメッセージがあったりして、交流めいたものも生まれた。

人づきあいは面倒だから、集まりに誘われても行く気にはなれなかったが、散歩はわたしの生活の大きな部分を占めるようになり、これからさらに年をとってこんなふうに歩けなくなったら自分はどうなるのか、と不安になった。

その日も、水筒と昨日買ったパンを持って散歩に出た。住宅街を歩き、梅で有名な庭園まで足をのばした。妻が生きていたころは、毎年いっしょに梅を見にいった。庭園はその時期になると人でいっぱいになり、園内で甘酒がふるまわれたりした。園内のあちこちに梅が咲き誇り、そのはなやかさとにぎわいが楽しかった。

だがいまはその人混みがわずらわしく、梅の時期には行かなかった。もう桜も終わっている。庭園にももうひと気はないだろう。入口で入場券を買い、しずかな園内にはいった。こんな時期に来てどうするの。妻がいたらそう言って笑うだろう、と思った。

　庭園をひとめぐりし、奥まったベンチに座って水筒とパンを出す。鳥の声がした。なんの鳥かはわからないが、野鳥だろう。鳥のことはよく知らない。あの村は山に近かったから、たくさん鳥がいた。祖父は鳥の声にくわしく、声が聞こえるたびに、鳥の名前を教えてくれた。だがなにも覚えていない。この年まで生きたけれど、世界には知らないことばっかりだ。

「瓢箪か、これはめずらしい」

　うつむいてパンをひと口かじったとき、どこからか声がした。顔をあげると、目の前に男がいた。グレーのパーカーを着た若い男だった。瓢箪という言葉が耳に残り、あたりを見まわす。瓢箪などどこにもない。聞きちがいだろうか、と思ったが、男は斜め前からわたしの背中の方をのぞきこんでいた。

「いま、瓢箪って言いましたよね。なんのことですか」

「あ、いえ、それはその……」

　男は困ったような顔になる。

「どこに瓢箪があるんですか」

　どう訊いたらいいのか迷い、そう言いながら、ちらりと自分の背中を見た。

「まさか、あなたにも見えるんですか。その……瓢箪が」

男がためらいがちに訊き返してきた。

「あなたにも見える……。人には見えないものについて語るような口調だった。

「あの、もしかして、あなたにも見えるんでしょうか、わたしの背中のうしろの……」

くりかえすようにそう言って口ごもった。

「ええ、見えますよ」

大きく息を吸ってから、男はうなずいた。

「ここ、座っていいですか」

男がベンチを指す。

「ええ、どうぞ」

わたしはパンと水筒を鞄に押しこんだ。胸が高鳴るのを感じた。瓢箪が見える。そんな人には会ったことがない。あの村の人はみんな瓜を垂らしていた。だが見える人はいなかった。

「すみませんでした。つい、めずらしくて」

男が言った。

「めずらしい？」

その言葉は瓜にはそぐわない気がした。めずらしいというのは「世の中にあるけれど数が少ないもの」のことだ。これまで瓜が見える人間はわたしだけだった。わたし自身、ほんとうにあるのか自信が持てなかった。ふつうはこんなものがあるとは信じられないはずだし、これが見えたら、もっと驚き、怖がるはずだ。だがその男の「めずらしい」は、ちょっとレアな時計や車を見たときのような調子だった。

「これが見える人は生まれてはじめてです。自分にしか見えないものだと思っていました。でも、怖くないんですか。こんなものを垂らしている人間なんて……。いえ、わたしが以前住んでいた村にはたくさんいたのですが」

「そうなんですね。いえ、わたしがめずらしいと言ったのは、そうしたものを垂らしていることじゃないんですよ。背中に瓜を垂らしている人にはこれまで何度も会ったことがあります。でも瓢箪形ははじめてです。それに、自分が垂らしているものが見える人も」

「ウツログサっていうんです」

　男がなにを言っているのかわからず、まじまじとその横顔を見た。

　男が言った。

「ウツログサ？」

「ええ、それはウツログサと呼ばれるものの一種です。ふつうの人には見えない。植物の妖怪のようなものです。性質はいろいろです。さわれるものもあるし、さわれないものもある。場所につくものもあれば、人につくものもあります」

「瓜以外にもいろいろあるということですか」

「ええ。この園内でも、あなたの瓜以外にウツログサがいくつもあります。でも、たぶんあなたには見えない。わたしのように多くのウツログサが見える者は稀なんです。それでも全部見えているかはわからない」

「そんなことが……」

男は、たとえばあそこに、と言ってベンチの近くの木の根元を指したが、わたしにはなにも見えなかった。宙を飛んでいるものもあるらしいが、それも見えない。もちろん、男が真実を話しているという証拠もないが、わたしの瓢箪が見えている時点で、なにか尋常でない力を持っていることはあきらかだった。

「でも、ウツログサが人についている場合、つまり、あなたの瓢箪のようなものの場合、たいてい宿主には自分についたウツログサが見える」

「でも、うちの村の人間は……。父も母も祖父母も、これの話をしても、みんな知らない、と……」

「この瓜のようなものの場合、ついている本人も気づかないことが多いんです。背中についていますからね。これはさわれないし、鏡にも映らない。だから気づかない人も多いんです。わたしがこれまで出会った人もだいたいそうでした」

「ほかにも瓜を背負っている人を知っているんですね」

「ええ。瓜はウツログサのなかではそこまでめずらしいものではないので」

そこまでめずらしいものではない。そうなのか。その言葉になぜか力が抜けた。瓜のことはこれまでだれにも話さずに生きてきた。だれにも話さないまま死んでいくのだろうと思っていた。言っても理解されない、信じてもらえないと思っていた。妻にも、子どもたちにも。

「ただ、瓢箪形ははじめてでしたし、それに、話を聞くかぎり、あなたは自分のものだけでなく、人の背中にある瓜も見えたんですね」

「はい、そうです。うちの村の住人にはたいていこれがくっついていました。だから自分の背中にこれがあることに気づいたんです」

「つまり、あなたはほかのウツログサは見えないけれど、瓜だけは見えるということですね。それもめずらしい。自分の背負っている瓜の存在に気づいている人はある程度いると思うんですよ。ふりかえったりしたときに目にはいることもあるでしょうから。でも全体は見えないし、鏡にも映らない。だいたい、たとえ見えても不気味ですからね。錯覚だと思う人がほとんどでしょう」

瓜のことを話したとき、祖父母も両親もなぜか頭ごなしにわたしを叱った。あのときは不可解だったが、もしかしたら過去に自分の瓜を見たことがあったのかもしれない。

「あなたはどうしてそんなにくわしいんですか」

「わたしは、ウツログサを祓う仕事をしてるんです」

「祓う？　どうやって？」

　驚いて訊き返した。

「除草剤のようなものがあるんです。いくつも種類があって、ウツログサの状態や種類によって調合もします。ただ、すべてのウツログサを祓うわけじゃありません。祓うことを勧めるのは危険な場合だけ」

「危険？　どんな危険があるんですか」

　これまでも瓢箪の重みを感じたことは何度もあった。だがそれは、頭痛や肩こりのようなものだと思っていたし、休めば治った。村にいたときもこれのせいで病気になったり死んだり、というのは見たことがなかった気がする。

「ウツログサは人や生き物とはちがう理で存在しています。でも、なぜか宿主が喜ぶことをするのです。欲望を読み取り、それに沿おうとする。それで、なかにはウツログサの見せるものに溺れ、ウツログサと同一化してしまう人もいるのです。そうなればウツログサはどんどん活性化して、最終的にはその人をのみこんでしまいます」

死の間際、瓜に乗りこんでいった祖母のことを思い出した。あれももしかして、のみこまれたということなのか。

「のみこまれたら、どうなるのですか？」

「のみこまれたあとのことはわかりません。もう人ではなくなってしまうので」

「ウツログサの方は？」

「暴走状態になって、周囲に悪い影響を与えることもあります。世の中でわけのわからないと言われている事件のなかには、これが原因のものもたくさんあるんです。そうなることを恐れて、宿主がのみこまれる前に祓う。それがわたしたちの仕事です」

わたしたち。つまり複数いるということか。ウツログサというものも、それだけありふれたものだということだ。

「子どものころ、見たんです。祖母が亡くなるとき、瓜は祖母の背中から離れました。ぱかっと蓋が開いて、それまで寝たきりだった祖母は急に立ちあがってそれに乗った。目の前に川のようなものがあらわれて、瓜はその川を流れていってしまったんです。気がつくと、祖母は亡くなっていて、瓜も消えてしまっていた。それは取りこまれた、ということなんでしょうか」

「瓜に乗っていった……」

　男が驚いたようにわたしを見た。

「でも、その後、悪いことはとくになにも起こりませんでした。祖母が亡くなったのも病気でしたし、もう寿命でした。まだ小さかったからくわしいことはわかりませんが、村の住人でおかしな死に方をした人もいなかったと思います。だから、できたら、祓いたくないのです」

「祓いたくない？」

「わたしにとって、あれは死後の世界に行く舟なんです。おかしなことを言うようですが、わたしたちは生まれるときもあれに乗ってくるのかもしれない、と思っているんです。あれに乗って死後の世界に行き、また別のものになってこの世に戻ってくる。そのための入れもの」

「うつぼ舟ですね」

　男が少し笑ってうなずいた。

「ええ、そうです。だから、これを祓ってしまったら、わたしのたましいは行きどころがなくなる気がして」

「なるほど。大丈夫ですよ。実を言うと、わたしも瓜を祓ったことはないのです。舟になって人のたましいを乗せてどこかに消えたという話を聞くのははじめてですし、瓜がうつぼ舟かどうかはわからない。なにしろ、ウツログサは人の理とはちがう存在ですから。人が考えるうつぼ舟とは別物かもしれない。でも瓜に関しては、なぜかどこでも人々の暮らしに溶けこんで、これまで問題ごとを起こしたことがないのです」

「そうなんですか」

「ええ、不思議なことですが」

男はほうっと息をついた。

「さっき、わたしのほかにも瓜を背負った人と会ったことがあると言っていましたよね。それはどこの人なんですか」

もしかしたら、わたしと同じあの村の出身かもしれない、と思った。

「いろいろなところの人がいましたよ。岐阜や長野、青森や岩手、高知の人もいましたね」うちの村だけのことではなく、瓜は全国に広がっているらしい。

「場所はいろいろですが、考えてみると、どこもたいてい山に囲まれた土地で……」

「そうですか、実はわたしの住んでいた村も山に囲まれた土地でした。関東のはずれでしたが」

「どのあたりですか？　そこにはまだ住んでいる方がいるんでしょうか」

「村は、いまはもうないんです。ダムを作るために水没したので」

そこまで言ったとき、なにかが胸のなかにこみあげてきて、涙が出そうになった。六歳までしか住んでいない、遠い記憶のなかにしかない場所なのに。

「そうでしたか」

男は申し訳なさそうに言った。

「立ち入ったことを聞いてすみませんでした。瓜というのはほかのウツログサとちがって、たいてい村じゅうの人に取りついているものみたいで……。いつかそうした村を訪ねてみたいと思っていたものですから」

「大丈夫です。わたしもそこには六歳までしかいなかったので。水没したのももう大昔のことです。ああ、でも、不思議なことに、引っ越してから生まれた弟や妹には瓜はついていませんでした。わたしの子どもにも。遺伝なのかと思っていたんですが、ちがったみたいですね」

「そういう話もよく聞きます。わたしたちのあいだでは、遺伝ではなく、風土病のようなものなのではないか、と言われています。その土地の土か、水か、どこかにウツログサのもとがあるんじゃないかと。でも、湖に沈んだのなら、瓜のもとも失われてしまったでしょう」

「そうですね」

「村が廃れてしまうと、瓜も消える。村を離れていった人には瓜は宿らない。そういうものかもしれないですね」

男はそう言った。あたたかい風が吹いて、蝶が舞うのが見えた。そういえばあの村でも、こういう蝶をよく見た。こんなところにも同じ蝶がいるのか、と思った。

虫は蛹（さなぎ）や繭（まゆ）になる。そうして別の姿になる。あるいは瓜にはいった人も、そうやって別のものに生まれ直すのかもしれない。

「そうそう、さっきのあなたの話を聞いていて思い出しました。ウツログサも種類によって名前がついているものもあって、その瓜のようなものにも名前があるんです」

「名前？　どんな名前なんですか」

「地域によって変わりますが、ウリフネって言うんですよ」

「ウリフネ……」

身体がざわっとした。

瓜舟。瓜の舟。

「どうして舟って言われているのか、ずっとわからなかったんですが、さっきのあなたの話を聞いていて思ったんです。むかしも亡くなった人が瓜に乗るところを見たことがある人がいたのかもしれない、と」

なにもかも定かではない。だがなぜか、これまで自分が生きてきたことが許されたような気持ちになった。

「ともかく、あなたのその瓢箪も、とくに悪い兆候はないようです。祓う必要もないでしょう。でも、万が一おかしなことが起こった場合は、ここに連絡してください」

男はそう言って名刺のようなものを差し出した。そこには「笹目」という名前と、電話番号と、郵便局の私書箱の番号だけが記されていた。

人生の終盤にこんな大きな転換が来るとは。庭園を出て家に帰る途中、団地のなかの道を歩きながらスキップしたいような気持ちに駆られた。

幼いころからの疑問がようやく解けたのだ。あそこであの男に会わなかったら、わからないまま死んだのだろう。いまとなっては、男と会って話したことすらも夢のように思える。それでも、答えを得られたという満足感で、自然と笑みがこぼれた。

数日後、わたしはひとりであの湖を訪れた。春休みでも連休でもない、平日の昼間だったから、以前来たときとはちがって、広場にも人は少なく、しずかだった。

ダムの近くで湖を見おろし、人々の暮らしを支えるのにはこんなとてつもない量の水が必要なのか、と気が遠くなった。わたし自身も、そのおかげで便利な暮らしを享受しているのだから、もちろんそれを責める気持ちはないが、ただただおそろしいことだと思った。

　車で湖のまわりをめぐり、村があったあたりに行った。車から降り、湖を見る。風もなく、水面はしずかだった。記憶のどこに眠っていたのか、これまですっかり忘れていた子どものころの風景が湧きあがって、頭のなかをぐるぐるまわった。

畳の上にできた障子の影。夜の暗い廊下。虫を追いかけて走った道。地面を歩いていた蟻の列。壁に止まっていた大きな蛾。木々に実っていた柿や柘榴（ざくろ）。そんなものをなつかしく思い返す日が来るとは。

　湖をながめているだけで、時間がどんどん過ぎていった。やがて日暮れになり、湖面が夕焼け色に染まった。あいかわらず風もなく、山の影がきれいに映りこんでいた。

　日が落ち、水面が暗くなってくる。そろそろ帰るか、と思ったとき、湖の一箇所に泡が見えた。遠い水面に目を凝らすと、ぽこんとなにかが浮かびあがる。細長い球形の、それは瓜だった。あちらにもこちらにも泡が浮かび、下からぽこんといろいろな形の瓜が浮かんでくる。そのあたりの水面は瓜でいっぱいになり、浮かんだ瓜がゆらゆら揺れた。

　あの男は、これをウリフネと呼んだ。ここだけでなく、色々なところにあるのだと。

どこの土地でも、瓜を背負った人は瓜に乗ってこの世を去るのだろうか。わたしのように、瓜で旅立つところを見た人もいるのだろうか。

わからない。もし見た人がいたとしても、わたしが想像したようなことではないかもしれない。なにが真実かわからない、と思ったところで、「真実」という言葉にも「実」という字がはいっていることに気づいた。

文学はみな、人の心を扱う。民話も伝説もみな人の心が織りなしたもの。深く、複雑だが、人がいなくなれば意味を失う。まぼろしのようなものだ。虚実という言葉でいえば、虚、つまりうつろである。あの男は瓜のことをウツログサの一種だと言った。わたしにとってはたしかに存在するこの瓢簞も、うつろということなのか。

薄暗くなっていたから、瓜の姿はすぐ闇にのまれた。たぷんたぷんと水の揺れる音がした。湖からではなく、もっと近く。わたしの背中の瓢簞が立てる音だと気づいた。わたしの瓢簞のなかには水がはいっているのかもしれないと思った。もしかしたらそこにみんないるのかもしれない。外も内もみんなつながっている。

そうして、もしかしたらわたしに見えるのはわたしの村の瓜だけで、世の中にはもっといろいろな形の入れ物があり、目には見えないだけで、妻にもついていたのかもしれない、と思った。

家に帰り、ひとりで遅い夕食をとっていると、息子から電話がかかってきた。娘が近く一時帰国することになり、そのときに妻の三回忌をすることになっていたのだ。息子は、法事のあとはみんなで家に行きたい、と言った。

「都内か横浜で食事の方がいいんじゃないのか、うちではなにも作れないし」

「いや、あいつ、ずっと海外だったから、久しぶりに家を見たいんだって。母さんの思い出もあるから、って」

学生時代の娘はそんなふうに親や家をなつかしむようなタイプには見えなかったが、ここ数年日本に帰ってくることもできなかったのだ。そう思っても不思議ではない。

「そうか」

「大丈夫だよ。食べ物も飲み物も行く途中に買えばいい。いまは気の利いたテイクアウトもいろいろあるしね」

「じゃあ、そうしようか。なにかあればこっちでも準備しておくが。子どもたちのおやつとか」

そう言ってから、あの子たちももう大学生、おやつという歳じゃないな、と苦笑した。

「それもこっちで用意するから大丈夫。強いて言うなら、親父、前に家庭菜園やってただろ？　未亜がおじいちゃんちでとれたミニトマトが美味しかった、って言ってたんだ」

「ああ、ミニトマト」

孫の未亜が庭のミニトマトを夢中で摘んでいたのを思い出した。

「家庭菜園、いまはやってないんだよ。ひとりだと張り合いがなくて」

そう言ってから、菜園なんてやってたのは妻がいたからだ、と気づいた。作物ができると、妻はいつもうれしそうだった。なにか育てるのって楽しいよね、と言った。

妻はよく笑う人だった。イベントに出店するのも楽しかった。イベントの前には、妻がいっしょに野菜や果物を洗って、カゴに入れたりしてくれたのだ。

なにもかも夢のようだった。

妻はもういない。でも、あのイベントにまた出てみるのもいいかもしれない。

「ずっと休んでたんだ。でも、もう一度やってみてもいい気がしてきた」

「そうか、じゃあ、俺たちが行ったとき、いっしょに苗でも買いに行こう」

息子に言われ、それもいいかもしれない、と思った。夕暮れの湖の上に浮かんできた瓜を思い出しながら、今度は瓜の仲間を育ててみようか、と思う。南瓜、西瓜、冬瓜。いろいろな瓜の姿が浮かんで、背中の瓢箪からたぽんたぽんという水音が聞こえた。

ヒカリワタ

今日はふわふわがよく見える。

ベランダに出て、空を見ながらそう思う。ふわふわして光るやつ。大きいの、小さいの、細長いの、まあるいの。いろんな大きさ、いろんな形がふわふわと浮いている。色はない。透明できらきらした糸のようなものが、綿菓子みたいな玉になっている。雲のように空高く浮かんでいるわけではなくて、ふわふわはもっと近くを飛んでいる。手をのばせば届くような高さを飛ぶこともある。実際にさわることはできない、というか、さわってもなにも感じない。

わたしにはあたりまえのものなのだけれど、幼稚園に行くようになってから、ほかの人には見えないことを知った。でもそんなことはどうでもよかった。ふわふわはきれいで、それが見えるとうれしかったから。雨の日などはどこかに隠れているのか、ふわふわの姿は見えない。曇っている日は飛んでいるが目立たない。ふわふわは透明な糸だから。晴れた日には光があたって、きらきら光る。だからよく見えるし、飛んでいるふわわの数が多い気がする。

ふわふわを見ていると、部屋のなかから祖母の声がした。どこかに行きたいみたいだ。でもひとりではベッドから立ちあがれない。だから助けないといけない。ほしいものがあるならわたしが取ってきた方が早いけど、少しは歩いた方がいいから、と母は言う。そうやって少し歩いたところで、足の衰えが止まるわけじゃないのに。母は夢見ているだけだ。祖母がもとに戻ることを。それでもわたしは母にしたがっている。仕事で疲れている母と喧嘩なんてしたくないから。したってどうにもならないから。祖母も母にしたがっている。たぶん母を悲しませたくないから。ふわふわにバイバイと手を振って、部屋に戻る。部屋の奥のベッドに行き、祖母を抱え起こした。


この家に住んでいるのは、祖母と母とわたしの三人だけ。

祖父はもう十年も前に亡くなり、父と母は、わたしが小学生のときに別れてしまった。そのころは母も旅行会社勤めで安定した収入があった。だから、祖母の住むこの団地の別の棟に越してきて、わたしは学校が終わったあとは祖母の家に行き、そこで夜ごはんを食べていた。

祖母にもふわふわが見えることを知ったのはそのころのこと。小学校高学年になるとふわふわが自分にしか見えないことが気になりはじめ、自分は病気なのかもしれない、と少し不安になっていた。それでもふわふわはとてもきれいで、ふわふわを見ていると心が落ち着いた。

学校で嫌なことがあると、祖母の家に帰ってから、ベランダでよくふわふわを見ていた。ある日ベランダにいるときに祖母が出てきて、同じタイミングでふわふわがひとつベランダに舞いこんだ。祖母の視線がふわふわを追いかけている。もしかしておばあちゃんにも見えるの、と訊くと、祖母も驚いて、ひなちゃんにも見えるの、と訊き返してきた。祖母にも見えることがわかって、わたしはとてもうれしかった。ふわふわがほんとにあることが証明された気がしたし、自分のことを信じられるようになった。

あのころはよかったな、と思う。そのあとコロナ禍がやってきて、母の会社は潰れてしまった。旅行会社はどこも似たような状態で、店もほとんどが閉まっている。営業しているのはスーパーマーケットやコンビニ、薬局くらい。正社員の口はなく、母は駅前のスーパーでパートとして働くようになった。

若い人はかかっても無自覚な場合がある、本人には症状がなくても感染力はある。自分がかかっている可能性を考えて、すべての人がマスクをして、人との接触はできるだけ避ける。新聞やテレビでそう報道され、母もわたしも祖母の家にしばらく行けなくなった。

わたしも高学年になっていたし、ひとりで留守番もできる。母が帰ってくるまでにごはんを炊いて、母が買ってきたお惣菜を食べる日が続いた。祖母とはビデオ通話で話すだけ。それでも電話の向こうの祖母はいつもにこにこしていて、顔を見るとほっとした。母の収入は減って、生活はどんどん厳しくなった。わたしが中学にあがり、ワクチンの接種もはじまって、コロナ禍も少し落ち着いてきたころ、これまで住んでいた部屋を引き払い、わたしたちは祖母の家に越すことになった。

祖母の部屋は分譲で買ったものなので家賃はいらないし、母が結婚する前は祖父と母の三人で住んでいたところだから、それなりに広かった。祖母の身体は前より弱って、よく転ぶようになっていた。ひとりで買い物に行くのもあぶなくて、だからいっしょに住んでくれるのはありがたい、と祖母も言っていた。

わたしが高校にあがったとき、祖母は要支援認定を受け、介護保険サービスを使うようになった。だが訪問サービスを受けられるのは週に二回程度。時間にも制限がある。祖母はひとりで家にいるのを怖がるようになり、母はスーパーでの仕事を午後からに変えた。

昼までは母が家にいて、お昼を食べてから仕事に出かける。わたしは学校が終わったらすぐに帰宅するが、一時から四時までは祖母は家にひとりになる。四時まではなんとか我慢ができる。でも、わたしが学校の用事で遅くなると、不安になって仕事中の母に電話がかかってくるらしい。

外から変な電話がかかってきた、とか、なになにが見つからない、とか用件はいつも小さなこと。それから、ひなちゃんの帰りが遅いけど途中でなにかあったんじゃないか、というのもしょっちゅうだった。あらかじめ用事があることは伝えてあるから、母がそう説明するといったんは納得するけれど、また十分もしないうちに電話がかかってくる。

中学校までは団地のなかの学校に通っていたけれど、高校は少し遠くなった。二駅だけだが、電車に乗らなければいけない。祖母が待っているから授業が終わったらすぐに帰らなければならず、部活にもはいれないし、友だちから誘われてもどこにもいけない。だれからも声がかからなくなり、友だちと言える人もいなかった。

進学について考える時期になっても、大学に行けるとは思えなかった。母が懸命に働いているのは、わたしの学費のためだと知っていた。もっと給料のいいところの求人も探しているが、母の年齢ではなかなか口がない。そもそもいまの仕事をあまり休めず、転職活動もままならない。

わたしだってバイトができるならしたい。でも、祖母をひとりにできない。母はまだ貯金があるからなんとかなる、と言う。大学ではひなの好きなことをしなさい、働くようになったら自由な時間なんてそうそう取れないから、と。でも、いまの母の給料で私立の大学に行けるとは思えない。国立大学に行くためにはもっと勉強しないといけない。でもいまは家に帰れば家事と祖母の世話があり、ほとんど勉強できない。もちろん塾に行くお金もない。

そう考えていると、そこまでする意味があるのかわからなくなる。母は大学に行けと言うが、行ったところでなにが変わるのか。いまは母が若かったころとはちがう。みんながそこそこに豊かな暮らしができる時代じゃない。勝てるのは、有名な大学の付属校か、進学校に通っているエリートだけ。わたしのレベルの高校で、いまのわたしにできる範囲で勉強したところで、たいした大学には行けない。就職したって、たいした給料はもらえない。それならこの団地の近くにある短大にはいって、福祉や介護の勉強をした方がずっといい。祖母のことで介護にはある程度慣れているし、超高齢社会だから、この先介護の仕事がなくなることはないだろう。

団地のなかもずいぶん高齢化が進んでいるみたいだから、近くで就職できるかもしれない。結婚したいとも思わない。祖母が亡くなったあと、今度は母の面倒を見なければならなくなるだろう。そうやってわたしは一生この団地から出ることがない気がした。

学校の昼休みはたいてい図書室に行く。だれとも遊びに行けないわたしはだれとも友だちになれない。だから時間を潰す場所として図書館を選んだ。それまで本なんてあまり読んだことがないから、最初は本棚をながめているだけだった。いつも同じ場所に同じ本がならんでいる。なくなっている本はだれかが借りている。だがしばらくすればまた戻ってくる。その安定感にほっとしていた。

ある日いつものように本棚をながめていると、司書の先生がやってきた。本が好きなのかと訊かれ、本ではなく本棚が好きなんです、と答えた。ほかの生徒はだれもおらず、窓のカーテンがパタパタと揺れていた。

「本棚が？」

先生はくすくすと笑った。三十過ぎの女の先生だ。黒い髪を顎くらいの長さのボブにして、いつも耳にかけている。目が細めで、ものしずかで、いつも図書室にいるけれど、あまりしゃべらないのでどんな人なのかよくわからなかった。

「本棚というか、本棚に本がならんでいるのを見るのが好きなんです」

「ふうん」

変なことを言っていると自分でもわかっていた。だからさらになにか訊かれるかと思ったが、先生はそう言ってうなずいただけだった。

「でもせっかく本がたくさんあるんだから、一冊くらい開いてみたら？」

そう言って先生が差し出したのは、表紙にきれいな植物の絵が描かれた本だった。表紙には女性作家の名前がある。授業で聞いたことはあったが、本を読んだことは一度もなかった。

「ファンタジーなんだけど、最初は現実からはじまるの。主人公が別の世界にはいって冒険して……。けっこう人気のある小説だから、ちょっと読んでみたら」

本を受け取り、じっとながめた。

「図書館の本だから。読むのはタダだしね」

先生は笑った。笑い返すのが礼儀なのだろうと思い、ぎこちなく笑った。正直、こんなに厚い本を読み切れるか自信がなかったが、断ると面倒なことになりそうで、借りることにした。図書室に毎日のように来ているのに本を借りるのははじめてで、先生に教えてもらいながら手続きする。その手続き自体がなぜか楽しかった。同じところに同じ本がならんでいるのはこういう仕組みだったのか、と思い、本を読まなくてもこれを見られたのはよかった、と思った。

意外なことに、本はおもしろかった。授業が終わるといつもまっすぐに家に帰り、その後は祖母がいるからほとんど家から出られない。祖母は眠っていることも多く、テレビをつけるわけにもいかない。これまではイヤホンをつけてスマホでSNSをたどったり、無料の動画を見たりしていたのだが、それも飽きてきていて、その日は借りてきた本を開いた。別にちゃんと読もうと思ったわけでもなかったのに、気がつくと本の世界に引きこまれ、ページをめくっていた。

本は夜のあいだに読み終わってしまい、少し寝不足なまま学校に行った。昼休みに図書室に行き、本を返す。司書の先生に感想を話すと、先生が次の本を薦めてくれた。それから本というものにはまった。こんなに長くておもしろい物語をタダで楽しめるのは驚きだった。本は便利だった。家で読めるし、音も出ない。祖母からなにか言われたらいったん読むのを止めて、用事が終わったら戻ってくればいい。昼休みに借りられるのもよかった。学校の帰りにどこかに寄るのは無理だったから。

最初のうちは先生が薦めてくれた本を借りていたが、そのうちに自分で選べるようになった。前に読んでおもしろかった作家の別の本を探すことからはじまり、本の外見で内容もだんだん予測できるようになった。本を開くと別の世界に行けた。それはすごく不思議なことだった。本には文字がならんでいるだけだ。一行に何十字か真っ直ぐにならんで、また次の行に同じだけ文字がならぶ。規則的な形で、どの本も見た目はほとんど変わらない。なのに読みはじめるとその向こうに扉が開いて、ちがう世界にはいりこんだみたいになる。本に集中しているあいだは時間を忘れ、現実のことも忘れられた。

図書室に通ううち、司書の先生からビブリオバトルというものに誘われた。土曜の午後に他校で開催されるものだそうで、いくつかの学校の生徒が集まって、本の感想を述べ合う読書会のようなものらしい。単なる読書会とちがうのは、スピーチに点がつき、得点を競うところだ。本来は図書委員から選抜されるらしいが、今年の図書委員は図書委員がいちばん楽そうだからという理由で委員になったような人ばかりで、本を読んでいる人はあまりいない。本をよく読んでいる人は人前に出たがらない、ということで、出る人が見つからずにいるらしかった。

先生はわたしならバトルに勝てるんじゃないか、と言った。たくさん本を読んでいるし、感想もはきはきと話す。本の内容をしっかりまとめ、アピールポイントを的確にした上で、独自の感想を持っている。きっとうまく話せる、と言われた。

「学外活動だから、出場するためには保護者の許可が必要なんだけど」

話の途中でそう言われて、急に現実に戻った。行けるわけがない、と思った。母は土曜も仕事がある。だからわたしは授業が終わったらすぐに家に帰らなければならない。正直に事情を話していったん断ったのだが、出てみたい気持ちはあった。先生は、ダメかもしれないけど、一度お母さんに相談してみたら、と言って、ビブリオバトルのチラシをくれた。

夜、もらってきたチラシを見せると、母はなぜかひどく喜び、行ってきなさい、と言った。おばあちゃんはどうするの、と訊くと、その日は施設のデイケアに連れていくと言う。祖母も、ひなちゃんが大事な会に出られるならそれでいいよ、大丈夫だよ、とうなずいた。バトルに出られる。なんだか夢がふくらんで、眠れないくらいだった。

翌日司書の先生に伝えると、先生も喜んでくれた。わたしのほかにうちの学校からの参加者は三人。ときどき昼休みに集まって練習をした。ほかの三人は引っ込み思案な人ばかりだったが、いっしょに練習するうちにだんだんスムーズに話せるようになり、先生はこれもひなさんのおかげだよ、と言ってくれた。

だが、結局のところ、バトルには参加できなかった。その日の朝、祖母が熱を出してしまったのだ。発熱がある場合は施設には行けない。訪問サービスも急には手配できない。母は仕事を休めないかスーパーに頼みこんだが、何人かのパートから発熱で休みの連絡があり、無理だと言われたらしい。わたしは授業がはじまる前に職員室に行き、司書の先生に行けなくなったことを話した。話したとたんボロボロと涙が出た。先生は心配してわたしを図書室に連れていき、次の機会が必ずある、そのときにも必ず誘うから、と言った。

ビブリオバトルにはわたし以外の三人が参加し、三人のなかでいちばんうまく話せる子が三席を取った。それはこの学校ではじめてのことで、その子は全校集会で校長から表彰された。もし自分がバトルに行けていたら。壇上にあがったのはわたしだったかもしれない。そんな思いがこみあげて、目を伏せた。

図書室で会ったとき、司書の先生はこれもみなひなさんのおかげ、ありがとう、次回は絶対に参加しようね、と言ってくれた。だがわたしはだんだん先生と話さなくなった。本は借りる。それ以外に時間潰しがないから。でも、先生に感想を話すのはやめた。これからもビブリオバトルなんかに参加できるようには思えなかったから。

祖母は病院に行ったところさいわい感染症の類ではなく、緊張のせいだという話になった。自分のせいでわたしが行事に参加できなくなったとひどく落ちこみ、わたしに何度も謝った。祖母は別に悪くない。だから責めることはしなかった。

自分が悪いのだ、と思う。わたしの高校は団地のある駅から電車で二駅。そこがわたしの行けるいちばん遠い場所で、だが学校が終わればすぐに帰るから、学校以外のことはなにも知らない。ビブリオバトルが開かれる学校はもっと大きな町にあり、電車で二十分ほどかかる。そんな遠くまで、わたしが行けるはずはない。行けると思ったのがまちがいのはじまりだったのだ。

本はあいかわらず楽しかった。母の言う「わたしの好きなこと」というのは、本を読むことかもしれない、と思った。進路に関する授業で、大学には文学を学べる学部もあると知った。でも就職率はあまり良くない、実用的な学部ではない、とも聞いた。

本のなかには「遠く」がある。この団地の外の世界が。そうして現実にも「遠く」がある。団地の外の世界が。そこに行けば自由になれるのか、わからない。きっと自由にはなれないいんだろうと思う。想像のなかの「遠く」はいつもきらきらしている。でも「遠く」を夢見るのは自分には無理なことで、二度としないようにしよう、と思った。

わたしが高二にあがる春休み、司書の先生は学校を去っていった。辞める前に何度か話しかけられたが、うまく言葉を交わせなかった。春になって図書室にやってきたのはパートタイムの先生で、いない日も多かった。

祖母はビブリオバトルのあたりからふさぎがちになり、食も進まず、話もあまりしなくなった。もう立ちあがってもよろよろするばかりで、だれかがそばにいないと歩くこともできない。それでもなんでも自分でやろうとして、トイレで失敗することもあった。

そのたびに掃除をしなければならない。でもそれより、失敗するとさらにふさいでしまうことの方が辛かった。以前のように母に頻繁に電話をするようなこともなくなり、ベッドでただ眠っている時間が増えたが、ますますひとりにすることはできなくなった。

進路指導も進み、わたしは近くにある短大を第一志望として提出し、担任からもっと上を目指した方が、と指摘された。進路の話が聞こえるたびに学校にいることが苦しくなり、教室を出て図書室に行った。もうなにもかもどうでもいいような気がしていた。休み時間に教室に戻り、カバンを持ってそっと学校を出た。

と言って、行きたい場所などない。遠くに行くお金はないし、結局団地のある駅に戻った。駅を出て、団地の中央広場に出ると、ふわふわが一際(ひときわ)たくさん飛んでいた。陽光できらきら光って、群れのようになって飛んでいく。あれがどこに行くのか見てみたい、と思った。中央広場を出て、ふわふわの群れを追う。歩いているうちに、団地の果ての庭園に着いた。小山の麓にある庭園で、梅で有名な場所だった。梅の季節には梅まつりが開かれ、むかし祖母や母に連れられていっしょにはいったことがある。コロナ前のことだった。あのころは祖母もまだ元気だったし、母も旅行会社で働いていて、生活にも余裕があった。

ふわふわが庭園にはいっていく。なつかしさも手伝って入口に近づく。入場料はあるが、高校生までは無料である。学生証を提示すると、受付の人はちょっと訝しげな顔にになった。高校生がなぜこの時間に外を歩いているのかと思ったのだろうか。それとも梅の季節でもないのに、高校生がひとりで庭園にくるのがおかしいと思ったのだろうか。少し緊張したが、結局なにも言わず、すんなり通してくれた。

もう梅どころか桜も終わっていて、小山の木々は緑の葉に覆われていた。ふわふわはその緑の小山をのぼり、空に消えていく。立ち尽くし、不思議な光景を目で追っていた。気がつくと、ベンチに男がひとり座っていて、わたしと同じようにふわふわが小山をのぼっていくのを見ていた。以前祖母とベランダでいっしょにふわふわを見たときのことを思い出し、あの人にも見えているのかもしれない、と思った。

男の方もわたしがふわふわを見ていることに気づいたらしい。立ちあがって近寄ってきた。グレーのパーカーを着た年齢不詳の男だったが、なぜか怖いとは思わなかった。

「いまなにか見えましたか」

男が単刀直入に聞いてきた。

「わかるんですか。もしかしてあなたにも見えるんですか、あれが」

斜面をのぼっていくふわふわの群れを指して訊いた。

「光る糸の塊のようなものですか？　あの小山をのぼっていく」

男が訊き返してくる。

「そうです。わたしはふわふわって呼んでいて……。ほかに見える人がいるなんて思いませんでした」

「見える人ははじめてですか？」

「いえ。祖母も見えます」

「そうですか」

男はわたしをじっと見た。

「あれは、ウツログサというものの一種なんです」

男は言った。

「ウツログサ……？」

言われたことをくりかえす。聞いたことのない名前だった。

「まあ、とりあえず座りましょうか」

男はさっきのベンチに戻り、座った。わたしも少し距離を置き、ベンチに腰かけた。

そのあいだもふわふわはわたしたちの前をゆっくりと飛んでいく。上がったり下がったりをくりかえしながら小山をのぼっていき、上まで行くとばらばらになって、やがて見えなくなった。

「信じてもらえるかわからないですけど、この世界にはああいう、ふつうの人には見えないものがたくさんあるんです。あの綿のようなものだけではなくて、あちらにもこちらにもいる。木や建物にくっついているものもある。あそこの木にもついているんですよ」

男はそう言って、小山の下の梅の木を指した。

「幹にたくさん白いキノコのようなものが生えているんです。見えますか？」

目を凝らしたが、どう見てもまわりの木と変わらない。わたしは首を横に振った。男はほかにもいくつかの場所を指したが、わたしにはどれも見えなかった。騙されているのかもしれない、とも思った。だが、ふわふわが見えていたのはほんとうだ。その証拠に、いまもふわふわがわたしたちの前を通るたびに、その動きを目で追っている。

「あなたにはこの綿のようなものしか見えないんですね」

男は言った。

「あなたにはすべてが見えるんですか」

「わたしに見えているのがすべてとはかぎりません。でも何種類かは見える。見える人はめずらしいんです。見える場合も、見えるのはたいてい、自分についているものだけ」

「人につく？　妖怪みたいなものですか」

最近読んだ本のなかに出てきた妖怪のことを思い出して、そう訊いた。

「ええ、でもウツログサは自分ではあまり動きません。植物のようなものです。皮膚に浮かびあがる場合もあるし、身体のどこかから生えていることもある。ただ寄り添うように人の近くにいることも。わたしはずっと、それを祓う仕事をしています」

「祓う？　ついていると悪いことが起こるということですか」

「そうとはかぎりません。そのまま共存している人も多いです。たいていは自分についているものしか見えず、正体もわからない。自分にしか見えないから、実在すると自信を持てずにいることがほとんどです。だからわたしにも見えるとわかると、みんなたいていすごくほっとした顔になります」

　男はさびしそうにそう言った。なぜさびしいのかはよくわからない。孤独を抱えて生きている人に同情しているのかもしれないし、自分もまたそうだということなのかもしれない。さびしそうに見えただけで、もともとそういう顔つきだというだけなのかもしれなかった。

「でも、問題が起きることもあるんです。ウツログサは自分の宿主の欲望を読み取ることができるんです。欲望を満たすように動く。それで宿主がバランスを崩してしまうと、ウツログサがどんどん大きくなって、やがては宿主をのみこんでしまう。外の世界にも悪い影響を与えます。それを防ぐために祓うんです」

「戦うんですか、呪文を唱えたりして？」

　最近読んだ本の内容を思い出しながらそう訊いた。

「いえ、戦うわけじゃありませんよ。なにしろ相手は植物みたいなものですから。宿主に薬を飲んでもらって、治療するんです。薬も何種類かあって、最初からあたるとはかぎらないのですが」

　男はそう言って少し微笑んだ。

「たいていのウツログサはもともと無害なものなんです。人についた場合に変なことになるのはウツログサが悪いというより、たぶん宿主との相性の問題です。そもそもあれは、なにか欠けているところに吸い寄せられるのかもしれませんね。バランスが取れているうちはいいけれど、宿主の欲望が大きくなりすぎたりするとおかしなことになる」

「ほかの仕事はしてないんですか。祓う仕事だけで生活していけるんですか」

　昼間からこんなところをぶらぶらしているのだ。もちろん今日が休みである可能性もあるけれど、ほかの仕事をしているようにはとても見えない。

「祓う仕事は、扱うものの大きさで報酬が変わります。それにもよりますが、一ヶ月に

一、二回仕事があれば、自分ひとりなんとか生きていくことはできます。住むところは確保されていますから。そこまで収入がなくてもなんとかなります」
「仕事はこの町だけなんですか？」

「いえ、遠くから呼ばれることもあります。祓い師にもナワバリのようなものがありますから、ほかの祓い師がいる土地で勝手に仕事をすることはありませんが、ひとりではどうにもならないような大仕事に助っ人として呼ばれることもあります」

「大きな仕事？」

「年に何回かあるんですよ。ビル全体にウツログサがはびこってしまった、とかね。そうなるとそこで働いている人たちの精神にも影響が出て、おかしな事件が多発する。それを防ぐためには祓うしかない。そういう大仕事がときどきその筋からまわってくる。そうすると場合によっては一、二ヶ月働かなくて済む。大仕事には危険もありますけどね。こっちが取りこまれてしまうとか」

「そうしたらどうなるんですか？」

「さあ、わかりません。まだ取りこまれたことはありませんから。というか、取りこまれて帰ってきた人はいませんから、だれも知らないんです。ウツログサの一部になってしまうんだと言う人もいます。前に同業者からそういう話を聞いたことがあります。その人の知り合いで、祓うのに失敗して取りこまれた人がいるって」

「そのウツログサはどうなったんですか」

「知り合いを含め、何人かの同業者が協力して祓ったようですよ。人についている場合は、宿主に薬を飲ませれば良いのですが、建物なんかについている場合は、ウツログサ自体に薬を注入しなければなりません。近づいて、手で触れないといけない。たいていはそのときにやられるんだそうです。だから慎重にやらないといけない」

「取りこまれた人は……」

「帰ってきませんでした。でもわたしにはこれくらいしかできませんから。失敗したときはそれまでですよ」

男は息を吐き、小山をのぼっていくふわふわしたものに目をやった。光がさして、綿のようなものがきらきら光る。

「あれはなんなんですか？　なにかについているものなんですか」

「いえ、ちがいます。あれはヒカリワタと呼ばれるもので、ああやって群れになってただ空中を漂っているものなんです。このあたりにはわりとたくさんいますよ。たぶん、ここが団地になる以前から、この丘陵に住み着いていたんだと思います。あんなにたくさん集まっているのを見るのははじめてですが」

よくいるものなのか。男がほんとうのことを言っていれば、の話だが。でも、とにかくわたしにもそのヒカリワタは見える。中途半端な嘘をつく意味なんてない気がするし、たぶんすべてほんとうのことなんだろう。

「宿主でも祓い師でもなく、ただ見えるだけの人に会ったのは久しぶりです」

男は言った。

「見えると言ってもそのヒカリワタっていうやつだけですけど」

「いえ、祓い師も最初からすべて見えるわけじゃないんです。最初からなんでも見える人もいます。最初は一種類か二種類しか見えなくても、訓練するうちに見えるようになる人もいる。最初は自分が見えているものさえ疑っていることがほとんどですからね。疑っているから見えない。あると信じることができれば、しだいにほかのものも見えてくる」

「じゃあ、わたしにも見えるようになるかもしれない、ってことですか」

「さあ、絶対にそうなるとは言い切れないですが、意識していればだんだん見えるようになるかもしれませんよ。ただ、それがいいことかはわかりません。祓い師になるなら別ですが、ほかには役に立たない能力ですし、その世界が見えてしまうと、人間の理のなかで生きていきにくくなりますから」

「どういう意味ですか？　人間の社会で生きることがくだらなく見えるとか？」

そうなれたらいいという願望があったのかもしれない。わたしはそう訊いた。

「くだらないとは思いません。ちゃんと生きていくことの方がずっと立派なことだと思います。人間の決めた制度や常識や価値といったものがそこまで大事なことに思えなくなってしまうんです。いい暮らしをしたいという欲もなくなって、そのためにがんばることが虚しくなる」

「それでもいいような気がします。いまだって、そんなにいい暮らしをしたいとは思ってません。というより、いい暮らしをするなんて、無理な気がしていて……。そうできるのはひとにぎりの人で、もう生まれたときから決まっているんじゃないですか」

わたしは思わずそう言った。男はなにも答えず、困ったようにわたしを見た。

「わたしは祖母と母と三人で暮らしてます。祖母はもう半分寝たきりのような状態で、母ひとりの収入で生活してるんです。わたしは祖母を見なければならないし、母の収入だけでいい大学に行けるとも思えない。遠くに行くとか、いい暮らしをするなんて、自分には無縁のことに思えて」

学校ではだれにもしない話を、知らずしらず口にしていた。知らない人だから話しやすかったんだろう。自分の生活にまったく関係ないし、いわゆる世間というものから逸脱した人に見えたということもある。親でも先生でもない。わたしを評価したり、わたしの価値を決めたりする立場にない。ここで別れれば、もう二度と会うこともない。それはとても気楽なことだった。

「そうですか。それは……。苦しいのでしょうね」

男はもの悲しい顔になる。

「わたしにはよくわかりませんが。家族とも、人間らしい暮らしとも、もうずいぶん離れてしまいましたから」

「すみません、自分のことばかりしゃべってしまって」

男の人生はわたしよりずっと複雑で孤独なのだろう。自分の不幸を語ったことが恥ずかしくなった。

「いえ、謝らなくても。わたしはわたしで気楽に生きているのです。それにわたしは、人間よりウツログサの方が好きなのかもしれません」

男は笑った。

「ウツログサを祓っているのに？」

「それはどうしようもなくなってしまった場合だけです。自分にとって大事な人でも、知り合いでも、飼っている動物でも、ほかの人を害するようになれば、止めなければならないでしょう？　祓うのは悲しいことです。でも仕方がない」

男は宙を仰ぎ、深く息をついた。

「でも、それは月に一度か二度のことです。たいていの日はこんなふうにウツログサをぼんやりながめていられる。ヒカリワタはきれいですよね。今日はなんであんなに集まっているんでしょうね。久しぶりに晴れたからでしょうか。祓い師はみんな、ウツログサは植物のようなものだから、なにも考えない、痛みも苦しみも知らない、って言います。でもわたしはときどき、そんなことはないんじゃないか、って思う。だって、ほら、このヒカリワタたちは、みんな楽しそうじゃないですか。きらきら光って、おたがいにおしゃべりしているみたいに見える」

楽しそうにそう言って、ヒカリワタを手で追った。わたしもむかし、ああやって祖母とヒカリワタを追いかけたな、と思った。ヒカリワタにはさわれない。あるはずの場所に手を置いても感触がない。それでもたしかにいまのヒカリワタは笑っているように見えた。

わたしが途中で学校を抜けたことは母に伝わっていたらしい。進路調査の件もあわせて担任から母のところに電話があり、夜に母が帰宅してから叱られた。母は学校を抜けたことより、進路調査で自分に相談もなく短大を選んだことに腹を立てていたようで、どうしてか、と何度も訊いてきた。

仕方なく金銭的な理由をあげたが、大学の学費だけはちゃんと貯めてある、と譲らない。でもそれをわたしの学費ではなく別のことに使えばお母さんだって楽になるでしょう、と答えると、なぜそんなことを言うんだ、と泣いた。

「いまはお母さんが学生だったころとは時代がちがうんだよ。わたしがいまこの状況で少しがんばったところで、そんなにいい大学に行けるわけじゃない。たいした会社にも行けない。がんばったって上に行けるわけじゃないんだよ」

「それでも大学に行けばいろいろなことが学べて……。行くだけの価値はあるんだよ」

母は身を乗り出し、わたしの肩をつかんだ。かつて母は優秀な学生で、大学院に進んでさらに研究を続けたいとも思っていたらしい。もちろんそれが叶わぬ夢だと知っていたから、語学力を活かして旅行会社に就職した。

「そうかもしれないけど……。そんなことのためにお母さんが無理をすることはないと思う」

「そんなこと……」

母がそう言ってぽかんとした。

「短大を出たらわたしもすぐに働くよ。それはいい大学に行くのとくらべて、そんなに悪いこと？　人のために働くんだよ」

わたしがそう言うと、母ははっと目を見開いた。

「それは立派なことだと思う。求められていることだと思うし。そうか……。ごめん。ちゃんと考えてのことなら、それでいいよ」

母はしずかにそう言い、その後はなにも言わなかった。

次の日、学校で担任に呼び出され、お母さんの勤務先から電話があった、と言われた。母が職場で倒れたらしい。しばらくバックヤードで休んでいたが、よくならないので病院に行ったのだそうだ。迎えに行ける肉親はわたししかいない。担任に相談して、学校を早退し、母の行った病院に行くことにした。母は病室にいたが、思いのほか元気だった。めまいから転倒したのだが、医者もおそらく疲れによるものだろうと言う。点滴が終わったら家に帰れる、と言われた。

母は歩いて帰れると言った。ふたりでゆっくり団地を抜け、自分たちが住む棟に向かった。むかし母や祖母と買い物に行ったり、散歩したりしたときのことを思い出し、なんだかなつかしくて涙が出そうになった。

「ごめんねえ」

駅前広場を通っているとき、母が言った。

「昨日よく眠れなかったんだ。ひなと喧嘩してさ。あれこれ考えちゃって、明け方までどうしても眠れなくて」

「倒れたのは寝不足のせいだったんだろうけど。でも、きっと疲れが溜まってるんだよ。わたしこそごめん。はじめからもっときちんと説明すればよかった」

「そうじゃないんだよ。ひなが悪いと思ってない。ひなはよくやってくれてる。わたしだって自分ができるかぎりやってるつもり。でも、ひなに楽しい大学生活を送ってもらいたかったのに、それができない。ひなには世界を見てほしくて。空間的にも時間的にも世界には遠いところがあって、いろいろな人がいろいろなことをして生きてる」

「知ってる。わたしだって、学校で習ったり、テレビで見たりしてるし、それに本も……」

本、と言ったところで、胸がぎゅっとなって黙った。

「大学ではただ習うだけじゃなくて、それについて自分で考えるんだ。感想を言うってことじゃないんだよ。これまでの人たちがどう考え、どうとらえたかを自分の力で調べて、検証する。それはほかではできない特別なことで、人生にとって大事なことで。ずっとそう思って、ひなにもそういう経験をしてもらいたかった。だからがんばって貯金してきた。ひな、昨日、『そんなこと』って言ったでしょう？　お母さんにとっては『そんなこと』じゃなかった。でも、あの言葉を聞いて、自分はなんのためにがんばってきたんだろう、ひなに苦労させてるだけで、全然ダメじゃないか、って」

母はうつむいた。空を見あげると、ふわふわが浮いている。ふわふわじゃない、ヒカリワタって言うんだっけ。庭園であの変わった男の人と話したことを思い出した。母だって、ほんとはもっと勉強したかったんだろう。それでも旅行会社に勤めていたときはいろいろな場所に行けた。でもいまは、毎日ずっとスーパーのレジにいる。母もまた遠くには行けない。

「だけど、ひなはひなでちゃんと考えていたんだな、って思い直した。人のために働くのは立派なことだよ。お母さんにはできなかったこと。大学で学ぶ方が大事だと思うのは傲慢（ごうまん）だった」

「そんなことないよ。お母さんが言ってることもわかる。学歴のためにいい大学に行け、っていう親じゃなくてよかったと思うし。お母さんが学費を貯めてくれていたことにも感謝してる」

わたしがそう言うと、母はまたうつむいて、少し泣いた。

それからめずらしくふたりで買い物をした。倒れたばかりだから、荷物はわたしが全部持った。ふたりで道を歩きながら、むかしのことを話した。祖母が待っているので寄り道もせず、ほんの短い時間だったが、なんだか楽しくて、こんな日が続けばいいのに、と思った。

検査の結果、母に重大な病気はなかった。とはいえ、あちらこちらに異常値が出ている。身体は疲れ切っているようで、ほんとうはしばらく静養した方がいいと言われた。祖母はそのことを心配して、いっそうふさぎこむようになった。

その日、学校から帰るとベッドに祖母の姿がなかった。ひとりではもう立ちあがるのさえ困難なはずなのに。祖母にはもう家の鍵を渡していない。だから外に出たら鍵はかけられない。鍵がかかっていたということは家のなかにいるということ。そう判断してあわてて家のなかを探した。といってもそんなに探すところはない。トイレとベランダを見たあと、ふと風呂場を見ると、祖母がいた。服のままお湯のはいった浴槽にしゃがみこんでいた。手を入れるとあたたかくない。昨日の残り湯で、もう冷たかった。

「なにやってるの」

わたしはあわてて駆け寄った。祖母はがたがたふるえながら泣いている。なんとか浴槽から引きずり出し、浴室の床にへたりこんだ。浴槽の水を抜き、祖母を寝かせたまま、タオルと乾いた服を持ってくる。浴室で服を脱がせ、タオルで身体を拭いた。乾いた服を着せて、浴室の外に出す。祖母はぐったりしていて、ひとりでは立てない。わたしもずぶ濡れで、このままではまた祖母が濡れてしまうと思い、急いで部屋着に着替える。

ベッドに運ぶためには背負わなければ無理だ。祖母に立ってくれとお願いして、何度か失敗しながらようやく背負った。祖母の身体は軽く、背負ってしまえば運ぶのは簡単だった。ベッドに寝かせ、布団をかける。まだ髪が濡れているので、枕を外して、たたんだタオルを頭の下に入れた。リビングから体温計を持ってきてはかってみると、体温がかなり下がっている。救急車を呼ぶかと訊ねると、首を何度も横に振った。ダメだ、ダメだ、と涙を流す。

「なんであんなことしたの」

わたしは訊いた。もしかして、ボケてしまったのかもしれない、と思った。これまでは身体は自由にならなかったけれど、頭だけははっきりしていたのに。

「ごめんね。いなくなった方がいいかと思ったんだ。わたしがいるから、ゆきこもひなも辛い目にあってるんだ、って。でもどうしたらいいかわからなくて」

祖母の目から涙がこぼれる。

「それで、水にはいったの?」

死のうと思ったということなのか。頭がぐらんとした。

「でも、うまくできなかった。顔を水につけようとしたけど、やっぱり死ぬのは怖くて……。水からも出られなくて、怖くて、でも、このまま浸かっていればいつか死ねるかな、って」

「なんで。なんでそんなこと……」

「だって、三人でここにいたら共倒れでしょう? このままだったらゆきこはきっと病気になる。ひなだっておばあちゃんがいなかったら、きっともっといい大学に行ける。この前の本の大会だって、おばあちゃんがいなかったら出られたんだから」

祖母のその言葉が胸にぐさっと刺さった。

本の大会。ビブリオバトルのことだろう。わたしがそれに参加することを、母も祖母もすごく喜んで、楽しみにしていてくれた。ぽろっと涙が出た。ほんとうはわたしだって遠くに行きたい。この前母にはああ言ったけど、ほんとはわたしだって遠くに行きたい。知らないことを学びたい。本をたくさん読んで、読み方を教えてもらって、本のことを語り合って……。自分の感じたことを言葉にしたい。

でも、ここにいるかぎり、そんなことは絶対無理だ。

「そのことは言わないで」

思わず強い口調になった。

「バトルに出られなかったこと、わたしがいちばん辛いんだから」

大きな声を出し、立ちあがった。祖母が怯えた目でこっちを見た。

「おばあちゃんがそんなこと思ったって、なんの足しにもならないよ」

そう言うと、うわあっと涙が出た。

「わたしはだからあきらめたんだ。一度夢を見たからあきらめなくちゃならなくなった。だからもう夢は見ないって決めたんだ。わたしは遠くには行けない。なにもできない。ここでただ働いて、死ぬまで生きる。ただそれだけ。どうしようもないことなんだ。偽善的なこと言わないでよ。悪いと思ってるなら、余計な面倒を起こさないでよ。おばあちゃんが悪いと思ってるとか、わたしにはなんの関係もないんだから」

言葉が止まらなくなる。そこまで言ってしまってから、はっとした。

祖母は泣いていた。ひどいことを言ってしまった。本から素晴らしい言葉をたくさん学んだつもりだった。だがわたしの口から出てきたのは祖母を傷つける言葉だけだった。わたしにはなにも語る資格はないし、言葉を学ぶ資格もないのだ、と思った。

「ごめん」

わたしはその場にしゃがみこんだ。

「いいよ。ひなの言う通りだ。ひなは悪くないよ」

祖母は天井を見あげる。

「でもおばあちゃんも悪くない」

ぽつんと言った。

「なんでこんなに苦しいんだろ。もう迷惑かけたくない。苦しいよぉ。もういなくなりたいよぉ」

祖母が声をあげて泣いた。

祖母の言う通り、このまま生きていたら三人共倒れかもしれない。母も病気になり、わたしは祖母と母ふたりの面倒だけ見ることになり、母も祖母もわたしにすまないと謝り続けるのかもしれない。そうしてふたりが死んだあと、わたしにはなにも残らない。そうなるくらいだったら、ここで祖母と死んだ方がいいのかもしれない。そうすれば、少なくとも母は生き残る。

「おばあちゃん、いなくなりたいの？」

わたしが訊くと、祖母はゆっくりうなずいた。そうして目を閉じた。息はしている。眠ってしまったらしい。

わたしは立ちあがった。きっと、祖母の顔に枕を押しあてればいいんだ。数分そのまま我慢すれば、祖母は息絶えるだろう。それからわたしもあとを追えばいい。きっと怖いだろうけど。そうしなければ、母に迷惑がかかってしまうから。傍らに落ちていた枕を拾い、両手でぎゅっとにぎる。

できるだろうか。これはおばあちゃんを助けるためなんだ。そう言い聞かせ、枕を胸の高さまで持ちあげる。心臓がばくばくと高鳴って、身体が壊れてしまいそうになる。

やらなきゃ。わたしがやらなきゃ。

だが、どうしても身体が動かない。

そのとき、ふわりとなにかが目の前をよぎった。

ヒカリワタ。

いつも空にいるヒカリワタがなぜか部屋のなかにいた。ふわふわと飛びまわり、祖母の胸にとまった。あちらこちらから小さなヒカリワタがいくつもいくつもやってきて、祖母の身体を覆っていく。きれいだ。わけもわからずヒカリワタの群れを見つめる。ヒカリワタ同士がおしゃべりするようにふるふるとふるえて、祖母のところに集まってくる。

——最初にあれを見たのは、ここに越してきてしばらく経ってからだったんだよ。

むかし祖母がそんなことを言っていたのを思い出した。

——いまは古びてしまったけど、わたしたちが越してきたころは、ここはすごく人気があったんだよ。倍率もすごく高くてね。わたしたちくらいの小さな子どものいる世帯がたくさん入居して。学校もあって買い物もできて、あたらしくて、きれいで、ここで暮らせばいいことがたくさんある気がした。だから小さかったゆきこを連れて、ここに越してきたんだ。知らない土地で、毎日毎日たいへんだったけど、楽しかった。

母が子どもだったころは、子どももたくさんいたのだと聞いた。その子たちはやがて成長し、外に出ていき、ここには祖父母のような子育てを終えた夫婦だけが残り、やがて高齢化した。

——ゆきこにはほんとは弟が生まれるはずだったんだ。でも途中で流産した。それで、子どもができなくなってしまって。悲しかったよねえ。そのときなんだよ、あれが見えるようになったのは。ふわふわきれいで、死んじゃったゆきこの弟がきてくれたんだな、と思った。

お母さんの弟。もし生まれていたらわたしの叔父になっていた人だ。あの男は、これはこのあたりにたくさんいるものだと言っていた。祖母の考えはきっとまちがっているんだろう。でも、そんなことはどうでもいい気がした。

ヒカリワタを見ているうちに身体の力が抜け、わたしは枕を取り落とし、床にへたりこんだ。ヒカリワタはまたふわふわと飛び立って、どこかに消えてしまった。

それから母に電話してさっきの出来事を話し、救急車を呼んだ。祖母は眠ったまま病院に搬送された。母もあとから病院に来た。祖母は低体温症になっていたが命に別状はなく、点滴を受けてやがて目を覚ました。わたしは母に、祖母がなぜ浴槽にはいったのか、理由までは話さなかった。祖母もほんとうのことは言わず、寝ぼけて風呂場に行き、水を落とそうと思って足を滑らせた、ということになった。

一週間ほど入院して、祖母は家に戻った。病院のケアマネージャーに、要支援より重い要介護の認定を受けることを勧められ、手続きをしてもらった。これが認められれば支給額が増え、使えるサービスの種類も多くなるらしい。苦しいことには変わりがない。病気ではなく老化だから回復するということはなく、できないことも増えていくだろう。でもショートステイを利用することもできるし、あきらめないで転職活動をしてみようと思う、と母は言った。

数日後、やめてしまった司書の先生から手紙が来た。よそで司書以外の仕事をしているらしい。いまは司書の求人はほとんどなく、書店なども減っていく一方で、本にまつわる仕事をするのはもう無理なのかもしれない、それでも本にかかわっていたいから、いまは介護施設などで朗読のボランティアをしている、とあった。

こういうことを言うこと自体が良くないことかもしれないからどうしようか迷ったのだけれど、と前置きがあって、あのときはごめんなさい、という言葉が続いた。ひなさんの家の状況も知らずに外部イベントに誘ってしまって、行けないと言いに来たときのひなさんの顔をいまも忘れられない、と。

――自分にはなにもできないのだから、こういうことを言うのは無責任だと思うけど、わたしはひなさんのなかにある輝きに魅せられていたのです。ひなさんは自分の言葉で考えることができる力を持っている、だからがんばってほしい、と。他人には、どの道が良くて、どの道がダメだと言う権利はない。ひなさんが選ぶことです。でもどうしてもこのことだけ伝えておきたくて、お手紙しました。

最後にそう書かれていた。返事を書かないと、と思ったが、なにを書いたらいいのかわからない。いつか書けるときが来たら、と思って手紙を封筒に戻し、本棚にさす。言葉は人を傷つけることもできる。でも言葉がなければ伝えられないこともたくさんある。司書の先生から本のことを教わったおかげだ。だからどんな道を選んでも、本は読み続けようと思う。

窓の外にはヒカリワタが飛んでいた。わたしはきっと、ヒカリワタに助けられたんだ。あの直後は祖母を救うためにやってきたのだと思ったけれど、祖母とわたし、両方を救ってくれたんだと思う。あれはここにたくさんいるものだとあの男は言っていた。でもあれに似た不思議なものは、遠くにもいるんだと。

遠く。遠くに行けるかはわからない。でもいつか、行ってみたいと思った。

本書の無断複写は著作権法上での例外を除き禁じられています。
また、私的使用以外のいかなる電子的複製行為も一切認められ
ておりません。

文春文庫

祓い師笹目とウツログサ

定価はカバーに
表示してあります

2024年6月10日　第1刷

著　者　ほしおさなえ
発行者　大沼貴之
発行所　株式会社 文藝春秋

東京都千代田区紀尾井町 3-23　〒102-8008
TEL 03・3265・1211㈹
文藝春秋ホームページ　http://www.bunshun.co.jp
落丁、乱丁本は、お手数ですが小社製作部宛お送り下さい。送料小社負担でお取替致します。

印刷・萩原印刷　製本・加藤製本
Printed in Japan
ISBN978-4-16-792231-3